ベリーズ文庫

異世界ニコニコ料理番

～トリップしたのでお弁当屋を開店します～

涙鳴

STARTS
スターツ出版株式会社

目次

異世界ニコニコ料理番～トリップしたのでお弁当屋を開店します～

《ロキ》
料理好きの喋るウサギ。かわいい見た目とは相反して、雪の世話を焼くおかんキャラ!?
《エドガー》
引きこもり発明家。発明以外は無頓着で生活能力は皆無。だけど、実はイケメンで…!?
《野花　雪》
料理が得意な卒業間近の女子高生。亡き母の秘伝レシピと共に異世界トリップする。

異世界ニコニコ料理番

Isekai Nikoniko Ryoriban

トリップしたのでお弁当屋を開店します

Character introduction

✻✻✻✻✻ ランチワゴンの仲間 ✻

《バルド・ローレンツ》

パンターニュ王国・騎士団長。強面で一見恐れられているが、実はスイーツ好きの、心が優しくて頼もしい男性。

《ランディ・リアブロット》

通称「森の狩人」と呼ばれている盗賊の頭領。残酷な一面もあるが、人を惹きつける魅力を持つ人たらしなヤンキー!?

《オリヴィエ・リックベル》

若干15歳にして商売の才能はピカ一の、リックベル商店の店主。毒舌で、常に的を射た意見を発するのが玉にキズ!?

✻✻✻✻✻✻✻✻✻✻✻✻✻✻✻✻✻✻✻✻✻✻✻✻✻✻

《野花ジゼル》

雪の母。お弁当の配達途中、交通事故で亡くなる。

《フェルネマータ王妃》

超絶おデブでグルメな雪国の王妃。プリンが大好物!

異世界ニコニコ料理番
～トリップしたのでお弁当屋を開店します～

Open

『ねえ、お母さん。なんで〝ニコニコ弁当〟なの？』

『人間、おいしいもん食べると元気になれるもんなんだよ。だから、今日も一日頑張れってエールも込めて、〝ニコニコ弁当〟なんだ』

記憶の中のお母さんは口癖のようにそう言って、幼い私を乗せたランチワゴンからお弁当をお客さんに差し出す。

その中身はコーンや塩、ブラックペッパーとよく混ぜ合わせたご飯に生姜焼きやレタス、玉ねぎ、パプリカが挟まれている握らないおにぎり――『おにぎらず』だ。

外側は海苔に包まれているが、二等分してあるので豊富な具材が顔を出し、サンドイッチのように見える。

『ご飯はお腹だけじゃなくて、心も満腹にしてくれるからね。だから雪、つらいときこそなにかを食べて、おいしいって笑いな。人生一度きりなんだ。くよくよして、俯いてばっかいたら、損だよ！』

＊＊＊

「お母さん……」

雨の降る夜、私――野花雪《のばなゆき》は部屋の隅で膝を抱えるように座っていた。

父がガンで他界してから、私を女手ひとつで育ててくれたお母さんが数日前に事故死した。

警察の話では、よそ見運転でガードレールに衝突したのだろうとのことだった。

原因は日々朝から晩までランチワゴンで働いていたため、過労で意識がなくなったか、注意力が散漫したかのどちらかではないかと説明された。

私のお母さん――野花ジゼル、享年五十歳。死ぬにはあまりにも早すぎる。

今日はお葬式で、ついさっき家に帰ってきたばかりなのだが、制服から着替える気力もわかずに動けないでいた。

「こんなものだけ遺されても、嬉しくないよ……」

私の腕の中にある分厚い本のようなレシピ。これは事故で半壊し、火まで上がったランチワゴンから奇跡的に見つかったお母さんの遺品だ。

表紙には金箔のようなもので、花時計の絵が描かれている。お母さんらしくない、かわいらしいデザインだ。

ページを開いてみると、ところどころ焼けているし、煤《すす》で汚れているものの中はちゃんと読めた。

これはお母さんの手書きのレシピで、二十歳《はたち》になったら譲られるはずだったのだが、
二年も早く私の手元にきてしまった。

「将来は一緒にランチワゴンで働こうねって、約束したのに……お母さんの嘘つき」

ぽたぽたと涙がレシピの上に落ち、お母さんの手書きの文字やイラストを滲ませて
いく。

そんなとき、お母さんの声が頭の中で響く。

『人生一度きりなんだ。くよくよして、俯いてばっかいたら、損だよ！』

震える唇の隙間からもれ出る嗚咽を閉じ込めるように、私は口を閉じる。

ここにお母さんがいたら、『うじうじするんじゃないよ！』と叱られそうだ。

私は手の甲で涙を拭い、天井を見上げる。

これから、どうなるんだろう。

天涯孤独になった私はお母さんと過ごしたこの家を出て、従姉妹のもとへ引き取ら
れる。

数年に一度くらいしか顔を合わせない従姉妹と、うまく暮らしていけるだろうか。嫌われずに馴染めるだろうか。

「お母さんっ……」

不安に押し潰されそうだ。

頭では死んだのだとわかっていながらも、お母さんを頼って呼んでしまう。

これから、私はどうやって生きていけばいいの？

縋るようにレシピを抱きしめた、そのとき——。

「え？」

レシピ本が黄金色の光を放って、やがて一ヶ所に集まっていく。

それはウサギのようなシルエットに変わり、部屋中を駆け回ると、私めがけて飛び込んできた。

——ぶつかる！

そう思った瞬間、閉じた瞼越しにひときわ強い光を感じた。

Menu1　勝負メシは『トマトカツ丼』弁当

光が引いていくのがわかり、私は恐る恐る目を開ける。

そこは生い茂った木々に囲まれた森だった。

木の葉の隙間からこぼれ落ちる光、鳥のさえずり。

つい数秒前まで座り込んでいたはずの我が家のフローリングは、じめっとした土の感触に変わり、草の匂いが鼻腔を掠める。

「え、ここどこ？」

夢を見ているのだろうか。でも、やけにリアルだ。

深い森の中、私はなぜかお母さんのレシピ本を抱きしめたまま呆然と周囲を見渡す。

すると突然、ガサガサッと茂みが揺れた。

――なに⁉

身構えていると、そこから黒ウサギが二足歩行で現れる。それも、水色のワンピースにフリルが付いたレース生地の白エプロン姿で。

「あら、大丈夫？　怪我はない？」

くりっとしたつぶらなエメラルドの瞳をこちらに向け、話しかけてくるウサギに私は卒倒しそうになる。

「人の言葉を喋ってる⁉」

衝撃のあまり叫ぶと、またもや茂みが揺れた。

「そこに誰かいるの？」

草木をかき分けて現れたのは、ボサボサの長い銀髪と無精髭《ぶしょうひげ》を生やした二十代半ばくらいの男性。しわだらけの白いワイシャツに紺色のベストとズボン。上から羽織っているのは、よれた白衣。その出で立ちは嵐の中を駆け抜けてきたのではないかと思うほど、ボロボロだった。

「女？」

大きな眼鏡の奥にある碧眼《へきがん》で、男性は穴が開くほど私をじーっと眺めてくる。

男性の下瞼には何度徹夜したら、そんなブラックホールみたいなクマができるんだ！とツッコミたくなるほど濃いクマ。唇は砂漠を何時間も放浪したのではないかと疑うくらいガサガサだ。

なにより、ときどき長い前髪から垣間見える充血した眼球がやばい。不審者を前に、本能が警鐘を鳴らしている。

「雪、逃げなさい！」

黒ウサギの声ではっと我に返った私は、震える足に力を入れて勢いよく立ち上がる。

「ウサギが……喋った？」

数分前の自分と同じ反応を見せる男性を置き去りにして、私はウサギを抱えると全力で不審者から逃げ出した。

無我夢中で足を動かしながら、ふと疑問に思う。

そういえば、私……ウサギさんに自己紹介したっけ？

数分前の記憶を手繰り寄せようとしたのだが、あてもなく走り続けているうちに苦しくてなにも考えられなくなる。

そろそろ息がもたないかもしれないと思っていたとき、なにかに足が引っかかった。

「うわあっ」

悲鳴をあげながら踏ん張るものの、身体を支えきれずに前につんのめる。

とっさにウサギを懐深く抱き込んで、そのまま豪快に土の上を転がった。

「痛たた……ウサギさん、大丈夫？」

上半身を起こすと、腕や膝を擦りむいていて、じんわりと血が滲んでいる。

その傷口をウサギが心配そうに覗き込んだ。

「私のことはロキって呼んでちょうだい。それよりも大変、早く怪我したところを水で洗わないと」

喋るウサギ――ロキに「うん」と返事をしつつ、私は周りに視線を向ける。

そこで真っ先に目に飛び込んできたのは木に背を預けるようにして座り、瞼を閉じて俯く青の軍服と鎧を纏った男性だ。

おそらく二十代後半くらい。右目には切られたような古傷がある。

その足元には見るからに重そうな大剣が転がっていて、ぴくりとも動かない男性に私は自分の身体から血の気が引くのを感じた。

「し、死んでる？」

ごくりと息を呑み男性に近づくと、彼の深緑の髪と揃いの色をしたまつ毛が震えた。

私は希望を見つけたような気持ちで、その肩を揺する。

「起きてっ、こんなところで眠ったらダメだよ！　どこか具合が悪いの？　私の声が聞こえる⁉」

「うう……は……が、へ……」

男性は相当体調が優れないのだろう。絞り出すような途切れ途切れの声で、なにかを伝えてくる。

「ごめんなさい、聞き取れなかった。もう一度、言って?」

「腹が減って、動けな……い」

聞き間違いだろうか。こんな、いかにも〝戦いの果てに力尽きました〟みたいな状態で倒れておきながら、空腹で動けないとか。

私は、冗談でしょう?と思いつつも、確認のためにロキを振り向く。

すると、私の疑問を察してくれたのか、肯定するように首を縦に動かした。

行き倒れてただけだったんだ、紛らわしい!

どっと疲労感に襲われる。夢なら早く覚めてほしい。

両手を合わせて切に願っていたとき、背後に気配を感じた。

なんだろう、この寒気。

恐る恐る振り返ると、そこには——。

「やっと見つけた」

先ほど遭遇した不審者が、ゆらりと陽炎《かげろう》のように上体を揺らしながら立っていた。

「ひいっ」

悲鳴をあげて後ずさる私に、碧眼の不審者は顔をしかめる。

「急に逃げるなんて、酷いじゃないか」

「それはあんたが紳士らしからぬ格好をしているからだよ！　雪が怖がるのも無理ないわ」

ロキが耳を立てて目を吊り上げる。対する白衣の男性は叱られたからなのか、はたまた喋るウサギを見たショックからか、真っ青な顔でガタガタと震えだした。

「お、俺は……こ、こ、こっ、国境線のほうにきみたちが走っていったから、ひっ、ひひ、引き留めようとしただけだ」

激しくどもりながら、挙動不審の彼は私たちを追いかけてきた理由を口にする。

「あんた、人を幽霊みたいな目で見るんじゃないよ。私はロキ、ただのウサギよ。ちょっと喋っただけでそんなに怖がって、男なのに情けないねえ」

ロキ、ごめん。私もまだ怖いです。普通のウサギは喋らないし……。

「そ、それで国境線になんで行っちゃいけないの？」

話を元に戻すと、男性は私をちらっと見て、すぐに視線を逸らす。嫌なものでも見てしまった、みたいな態度が感じ悪い。

しばらくその行為を繰り返した男性は白衣の胸元辺りを握りしめながら、やっと口を開く。

「こっ、国境線……今は戦場だから」

「もしかして、それを教えるために追いかけて来たんですか？」

それなのに不審者扱いして、申し訳ない。謝ろうと思った矢先、碧眼の男性がずれてもいない眼鏡の位置をしきりに直しだす。

「あ、ああ、あそこで見て見ぬ振りしたら、俺が見殺しにしたみたいだろ」

あ、そうですか。

善意ではなく、自分の罪悪感を払拭するための行動だったようだ。

「そこは助けに来た、くらい言いなよ。男だろう？」

短い手を腰に当てて、ロキが咎める。そのときだった、どこからか細い声が聞こえてくる。

「俺は空腹のあまり、夢を見ているのだろうか……。ウサギが人の言葉を話しているように見えるんだが……」

軍服の男性だ。いつの間に覚醒したのか、カーネリアンの瞳でロキをぼんやりと眺めている。

彼の気持ちはわかる。喋るウサギなんて、アニメか漫画か、フィクションの世界でしか見たことがない。おまけに私は、この異世界すら夢の産物だと思っている。

喋るウサギに挙動不審な白衣の不審者、空腹で行き倒れた鎧の男。次はなにが出てくるんだろう。こんな夢を見る自分の想像力が怖い。

私はぐったりしながらも、目に生気を取り戻した男性の腕に手を添える。

「大丈夫。私もあなたと同じものが見えてるし、聞こえてます。それより、あなたはどうしてここに？」

「名乗り遅れて……すまない。俺はバルド・ローレンツ。パンターニュ王国騎士団の騎士団長だ」

パンターニュ王国とか、騎士団とか、聞きなれないファンタジーな名称が次々と飛び出してくる。

「隣国のベルテンとこの国境線で戦争中なんだが……って、そうだ。娘、雪といったか。なぜここにいる。危険な場所と承知の上での行動か？」

自分の置かれた状況を思い出したからか、先ほどよりもはっきりとした意識で彼は厳しい眼差しを向けてくる。

「それは私も知りたいっていうか、どうしてここにいるのかわからないんです」

見るからに西洋人のような名前と容姿をした彼らと、言葉が通じるのも謎だ。

英語がからっきしの私は生まれてこの方、日本語しか話せない。

「なんにせよ、ここにいるのは危険だ。雪、それからロキとそこの——白衣の男」

バルドと名乗った男性は、さらっとウサギであるロキを受け入れている。その順応性の高さに驚きつつも、私はまだ名前も知らない白衣の男性に視線を移した。

全員の関心を一身に集めた彼は萎縮しきった様子で歯をガチガチと鳴らす。加えて視界を遮るように、目にかかるほど長い前髪を押さえながら、おずおずと名乗る。

「俺、俺は……エドガーです」

「ならばエドガー、手を貸してくれ。俺を騎士団の駐屯地に連れて行ってほしい。それから、お前たちもついて来い。ここにいては危険だからな、保護する」

こうして、森で出会ったなんの面識もない私たちはバルドさんが身を寄せているという騎士団の駐屯地に行くことになった。


駐屯地は森の開けた場所にあった。

いくつか幕舎が設営されていて、騎士たちは焚き火の前に座り込み、身を寄せ合うように休息をとっている。

「バルド団長……バルド団長ですか！」

駐屯地に足を踏み入れた途端、私たちの周りに騎士が集まった。

エドガーさんは、彼らにとって大事な団長の身柄を騎士たちに預けると一歩下がる。

私はロキを抱えたまま、その隣に並んだ。

「団長～っ、よくぞご無事で！」

涙を流しながら再会を喜んでいる彼らを遠目に眺める。それだけで、バルドさんがどれだけ慕われているのかがわかった。

宥めるように号泣する仲間の背を叩き終えると、バルドさんがこちらを見る。

「これから食事をとるんだが、お前たちもどうだ」

なんて魅力的な提案。お腹も正直にぐうっと鳴る。そういえば、お母さんのお葬式のあと、夕飯を食べていなかった。

思い出した途端に空腹感に襲われて、私は恥ずかしくなりながらも頷く。

「お言葉に甘えてもいいですか」

「ああ、こっちだ」

バルドさんのあとを追って、駐屯地の端にある炊き出し場に行く。そこには干し肉や見るからに乾燥しているカチカチのパンが山のように積まれていた。

えっ、これが食事？

肉とか魚とか、もっとスタミナのつくものを食べているのかと思ったのだが、あまりにも質素すぎる。

これで戦えるのだろうか。信じられない思いで騎士の顔を見回せば、頬がこけているようにも見える。顔にも疲弊の色が滲み、活力がまるで感じられなかった。

「バルドさん、他に食材はありますか？」

「いや、戦の最中は干し肉とパンだけだ」

「もったいない」

バルドさんが「ん？」と片眉を持ち上げる。

「人間いつまで生きられるかわからないのに、食べたいものも満足に食べられないなんて人生損してます！　あくせく働いたあとだからこそ、おいしいものを食べると幸せエネルギーを補充できるのに！」

「そうは言ってもな、戦は何日もかかる。保存がきくものでなければ、持ってはいけない。この付近で食べ物を調達しようにも、今は総力戦の最中だ。人員が割けない」

「でも、皆は絶対に負けられない戦いに挑んでるんでしょう？　だったら身体は資本です。しっかり食べて力を蓄えなくちゃ。こんな食事じゃ全然元気になれないよ！」

というか、あんな石みたいな肉とパンを食べるなんて、私が耐えられない。歯が折れそう、テンションが下がる。疲れ切った兵たちのこともあるので引き下がれなかった私は、挙手をする。

「人手が足りないなら、私たちが食材を調達してきます。ね、エドガーさん？」

当の本人を見ると、腰を低くしてこっそり退散しようとしていた。私は彼に近づいて、逃げられないように腕を組む。

エドガーさん、捕獲完了。

「ロキは目立つから待っててね。それで、買い出しはどこでできるんでしょうか！」

「……エーデの町」

私から距離をとりつつ、エドガーさんは身を仰け反らせて渋々答えた。

「じゃあ、行きましょう。もう、お腹ぺこぺこです！」

私はレシピ本とロキをバルドさんに預けて、エドガーさんと一緒にエーデの町へ行くことになった。

「う、わあ……」

森を抜けて二十分ほど歩いた先に、エーデの町はあった。レンガ調の道に色彩豊かな花々が飾られた花壇。通行人は羊毛製のワンピースに頭巾のようなものを被っていて、行き交う馬車や燭台《しょくだい》が中世にタイムスリップしたように感じさせる街並みだ。

ここには私の知ってる食べ物もあるし、言葉も通じる。

でも、エーデの町もパンターニュなんて国も私のいた世界には存在しない。人のざわめきに肌を撫でる風の感触。どれも夢とは思えないほどリアルだ。信じられないけれど、本当に私は異世界に来てしまったのかもしれない。

見慣れない景色をぼんやり眺めていたら、強く腕を引かれた。その瞬間、私のすぐ横をものすごいスピードで馬車が通り過ぎていく。

「あ、危なかったー」

心臓が激しく鼓動している。目を瞬かせながら隣を見れば、エドガーさんが瞬時に私から手を放した。まるで病原菌扱い。地味に傷つく。

とはいえ、彼は命の恩人。

「ありがとう」

素直にお礼を伝えれば、エドガーさんの肩がビクッと跳ねる。加えて、「こ、ここここっ」と変な声をあげはじめた。かなり怖い。

「ニワトリ?」

私は困惑気味に首をひねる。

対するエドガーさんは、血反吐《ちへど》を吐く勢いで深いため息をついた。

「こっちに来て」

ストーカーに遭った女子高生のごとく何度も私を振り返り、道中にあった広場の中央に向かって歩いていくエドガーさん。

そのあとを追うと、手押しポンプの前にしゃがみ込んで私の腕をやんわりと掴み、水をかけてきた。

「怪我してる。あと膝も洗うから」

あ……森で転んだんだっけ、忘れてた。

擦り傷のことを思い出した途端、腕と膝がひりひりと痛み出す。

自分の格好には無関心なのに、他人の怪我に気付くなんて。彼は意外と人のことを見ているのかもしれない。

「たしか、ここに……あった」

白衣のポケットを漁っていたエドガーさんが取り出したのは、しわしわでうっすら黄ばんでいる年季が入ったハンカチ。

エドガーさんは「あ」と呟く。

ふたりでそのハンカチを凝視し、しばしの沈黙が落ちた。

探してもらっておいて失礼だとは思うけれど、汚い。汚すぎる。おぞましい〝それ〟から目を逸らせないまま、私は念のため確認する。

「えっと、そのハンカチのことなんだけど。最後に洗ったのいつ？」

「……一昨日？　いや、一ヶ月前……？」

長い間のあとに返ってきたのは、疑問符のついた答えだった。

「し、自然乾燥にしようと思う。うん、それがいいと思う！」

私は押し切るように言い、ぶんぶんと腕を振り回して手を乾かす。それから勢いよく立ち上がって頭を下げる。

「手当てしてくれて、ありがとう。もう二回も助けられちゃったね」

「いや、俺はただ傷を洗っただけで……」

しゃがんだまま、なにかをぼそぼそと呟いているエドガーさんの顔を覗き込む。

「どうしたの？」

「あ、いや……なんでもない。この先に野菜から肉まで、品揃えのいいお店が……あ、あるんだ。い、行こう」

早口でそう言って立ち上がったエドガーさんは、広場を離れて大通りに戻ったあとも、どこか落ち着かない様子で周囲に視線を走らせていた。

「エドガーさんはこの町に詳しいの？」

「う……生まれはフェルネマータ。けど、ちょっと……その、いろいろあって……。

あ、あの森に住んでる」

　異様に歯切れが悪い。怪しくてつい眉が寄ってしまう。じーっと観察していたからか、エドガーさんは視線を彷徨わせながら髪を触ったり、白衣を握りしめたりと挙動不審になった。

　これでは疑ってくれと言っているようなものだ。

　この短時間で、なんとなくだが彼の人となりがわかってきた気がする。

おどおどしているし、目も合わないし、どもるし。悪い人ではないけれど、極度の人見知りなのではないか。

「エドガーさん、フェルネマータってどんな国？」

〝いろいろあって〟には触れずに、私は話題を変える。すると、居心地悪そうにしていた彼は、あからさまにほっとした顔をした。

「この大陸の最北端……にある雪国」

　雪国……。なるほど、だからエドガーさんは肌が白いのか。いや、白いというより血色が悪い？

　じろじろと彼の陶器肌を眺めていたせいだろうか。エドガーさんが少しずつ後退していき、街灯のポールの陰に隠れる。その横を親子連れが通ったのだが、「ママ、あそこに変なおじちゃんがいる！」と子供に指を差されていた。母親は「見てはダメよ」と変質者扱い。

この世界に警察がいるかはわからないけど、補導される前に呼び戻そう。

「えっと、他にもこの大陸には国があるのー？」

距離が遠い。羞恥心を投げ打って声を張ると、下を見たままエドガーさんが近づいてくる。あれでよく通行人とぶつからないな。感心する。

「ある、他に三つ」

知らないの？とばかりに目を丸くするエドガーさんに、今度は私のほうが気まずくなる。

不自然に黙り込んだせいか、彼はなにか事情があると察してくれたのだろう。ぽつりぽつりと、この世界のことを教えてくれた。

私のいるこの大陸はバルド騎士団長率いる騎士団が守る東のパンターニュ王国、野心家の皇帝が治める西のベルテン帝国、北の雪国フェルネマータ、南国カイエンスの四つの国から成る。

別大陸もあるらしいのだが、やっぱりどれも耳にしたことのない地名ばかりだった。

「ゆ、ゆゆっ、雪さんはどこの出身……なの？」

「え！」

不意打ちで訪れたピンチ。事情を話したいのは山々なのだが、私自身もまだよく状況を把握できていない。

返答に困り顔を引き攣らせる私に、エドガーさんは一瞬だけ視線を寄越す。

「……答えにくい？」

そりゃあ、そうだとも。ただ、あれこれ聞いておいて、私だけ素性を明かさないのは失礼だ。

でも、日本から来たと素直に打ち明けたところで信じてもらえるだろうか。

考えても答えは出ない。私はダメもとで、素直に自分の身に起きた出来事を伝えることにした。

「別の世界から来たって言ったら、信じてくれる？　日本って言うんだけど、お母さんのレシピ本が突然光りだして、気付いたらこの世界にいたの」

「……それは……」

口ごもるエドガーさんに、私はやっぱりなと落胆する。

もし私が彼の立場でも、どう反応するべきか困ったはずだ。

「今の、忘れて――」

忘れてください。そう言いかけたとき、がしっと肩を掴まれる。

「そ、それは異世界トリップ⁉」

「……うん？」

これは予想外の反応だ。これまで目も合わなかったエドガーさんが食い気味に問いかけてくる。思わず身体を仰け反らせると、さらに顔を近づけてきた。

「どんなカラクリを使ったの？　あ、いや、きみはさっきレシピ本が光ったって言ったよね。それが時空移動の道具？」

目をキラキラとさせて、私の答えを今か今かと待っているエドガーさんに困惑する。

「え、私の話、信じてくれるの？」

「当たり前だろ！　発明家なら、時空旅行ができる発明を一度はしたいって夢見るはずだ！」

さっきまでずっとどもっていたのが嘘みたいに、鼻息荒く饒舌に語るエドガーさんはやけにテンションが高く人が変わったよう。

私が圧倒されている間も、彼の発明熱は止まらない。

「今はまだ時空移動、タイムトラベルの発明はされてないけど、俺がいつか作ってみせ――」

突然、言葉を切ったエドガーさんは我に返ったようだ。はあっと深いため息を吐いて、地面に視線を落とす。

「また、ガラクタ作りって言われるな、これじゃあ。実際、失敗ばかりだし」

「誰かにそう言われたの？」

そう聞いてみたものの、返ってきたのは沈黙だった。

「かの有名なトーマス・エジソンは『天才は１％の閃《ひらめ》きと99％の努力』って名言を残してるの、知ってる？」

「トーマス……誰？」

「たくさん失敗して、たくさんガラクタを生み出して、それを乗り越えた先に夢とか奇跡とか、希望などなどがあるわけですよ」

いつかの授業で耳にした偉人の名言を、私はさも得意げに語る。

でも、エドガーさんは珍しくこちらを見つめて、熱心に聞いてくれている。

「というか、タイムトラベルの発明してください。時空移動ができたら、私も元の世界に帰れるかもしれないですし！」

「本気で言ってる？　俺をバカにしてるなら、もうやめ……」

「してない！　むしろ、こっちも必死なんですよ。いきなりわけのわからない異世界に来ちゃって、向こうでの生活とかもあるわけで。それに、エドガーさんが時空移動ができる発明をしてくれれば、いろんな世界を旅できるかもしれない！　それって、ものすっごく楽しそう！」

ぺらぺらと喋っていたら、エドガーさんが口を半開きにしたまま動かないのに気付いた。

「エドガーさん、聞いてます？」

彼の顔の前で手を振ると、長い前髪をくしゃりと握って俯いてしまった。

「はっ、発明のこと、バカにされなかったの……初めてだ」

「誰かにバカにされたからって、やめてやる義理ないよ。間違ってるとか、間違ってないとか、そんなの誰かが決められることじゃないでしょ。エドガーさんの人生なんだし、自分の信じた道をとことん進みなよ」

好きなことして、好きなもの食べて、好きな場所に行く。本当は皆自由なんだから、もっとやりたいことやったらいいのに。

「なんか……雪さんの話聞いてると、な、悩んでたのがバカらしくなる」

それって、褒められているんだろうか。いささか疑問ではあるが、褒め言葉として受け取っておこう。

「あの、〝さん〟付けやめない？　私たち、もう仲良くなれてると思うんだけど」

「え、気のせ……」

後ずさりしかけたエドガーさん――エドガーと先ほどのように腕を組む。すると、エドガーの身体が面白いくらいガチガチに固まった。

「乗りかかった舟だと思って、雪って呼んじゃいなよ！」

「それ、使い方違う。近い、怖い……」

「はい、呼んでみて！」

「ゆ、ゆゆゆゆゆ――雪」

名前を呼ぶだけで、ぜーはーっと息を切らしてはいるが、街灯のポールに隠れないだけ、エドガーと少しだけ打ち解けられている？ような気がした。

そして私たちは、ようやく【リックベル商店】と書かれたお店の前にやってきた。

みずみずしい野菜に見たこともない調味料、赤身の多いやわらかそうな肉。

並んでいる商品のどれもが新鮮で品揃えがいいのがわかる。

「見かけない顔ですね」

商品を見ていると、ヴァイオレットの髪と瞳の少年が店の奥から出てきた。十五歳くらいだろうか。背丈は私とそう変わらない。

「僕は店主のオリヴィエ・リックベルです。お客さん、なにをお探しですか？」

ベージュのシャツに、ストライプの入った茶色のベストとズボン。かっちりとした身なりの彼は、にこやかではあるが目の奥が鋭い。

「わ、若いのに店主をしてるんだ。すごいんだね」

声をかけられたのに返事をしないのも感じが悪いので、当たり障りない話を振るとオリヴィエの瞳が冷たくなった気がした。

「商才に年齢なんて関係ありますかね？　それで、今日はなにをお求めですか」

「あっ、トマトと玉ねぎ、それから豚ロースはありますか？　あとは米も……」

当たりがきつい。さっさと食材調達して、帰ろう。

私はオリヴィエの視線に怯えつつも、必要な食材を早口で伝える。

それを黙って聞いていたエドガーが不思議そうに首を捻った。

「ほら、騎士団の皆、疲れてるみたいだったし。疲労回復の効果といえばトマトと玉ねぎ、スタミナといえば肉。というわけで、『トマトカツ丼』を作ろうかと」

料理はただおいしいだけでは、ダメだ。栄養のことも考えないと。それが『身体が資本』をモットーに、お弁当を作り続けたお母さんからの教えだった。

「話してるところすみませんが、その、しょーゆ？　みりんというのは聞いたことがありません。どんな食べ物なんでしょうか」

割り入るように声をかけてきたオリヴィエに、エドガーも困った顔をして私を見る。

「俺も……知らない。そのトマトカツ……どん？　ど、どんな料理？」

「そっか、そうだよね」

醤油やみりんも存在しないらしいし、日本人なら誰でも知ってるカツ丼すらこの世界にはない料理なのかも。代用品を見つけないと。

私は調味料の売り場まで歩いていき、オリヴィエを振り向く。

「あの、しょっぱい調味料ってありますか？　それと乾燥昆布とか、ダシになりそうなものも！」

漠然とした注文にオリヴィエは眉間にしわを寄せつつも、調味料をピックアップして私に味見させていく。

その中で【プランブラン】というボトルに入った調味料が醤油の色と味に酷似していた。

みりんはなくてもお酒と砂糖で代用できる。幸い、この世界でも肉が部位ごとに売られていて、豚ロースは通じた。米も食べられているようで、あらかた食材は揃った。

「これで大丈夫……って、ああ！」

大事なことを思い出して叫ぶと、オリヴィエは耳を塞ぎ抗議の目で睨みつけてくる。

「なんですか！　他のお客様の迷惑になりますので、お静かにお願いします」

その圧に押されたエドガーは、私の背に隠れる。

普通、逆ではないだろうか。ここは男らしく守ってほしいものだが、とにもかくにも今は前方の店主に言わねばならない。

「お金ないです」

「はあ⁉」

オリヴィエは外行きの丁寧な口調を崩して、怒りのこもった雄叫びをあげる。

ますますしがみついてくるエドガーを背に庇いつつ、私はオリヴィエに謝る。

「すみません、すみませんっ。意図せずこの国に来ちゃったもんだから、お財布も持ってきてないし……っていうか、この世界に両替所がなかったら、お財布持ってようとなんの意味もないんですが！」

「さっきから、なに言ってるんですか、あなた」

オリヴィエの背後に、黒いオーラが見える気がする。

「だから！　この国っていうか、この世界のお金を持ってないの！　で、でも、空腹で今にも死にそうでして……」

「その割には、元気そうですが」

「譲ってもらうわけには……」

「いきませんよ。お金がないなら出て行ってください、商いの邪魔です」

私から興味を失ったのか、笑顔をすっと消して彼は店の奥へ消えようとする。

私のご飯～。

お腹を押さえて、その背を絶望的な気持ちで見送っていると、エドガーが自分の懐やら白衣のポケットやらを漁りだす。

「エドガー、なにしてるの？」

「さ、探し物……あった」

エドガーがズボンのポケットから取り出したのは、バラの形をした透明な石のブローチだった。

それを手に、エドガーは無言でオリヴィエのところへ歩いていく。

「これ、これ……を、ここ、今回の支払いにあてられる？」

ブローチを受け取ったオリヴィエは太陽に翳《かざ》したり、目から遠ざけたり近づけたりして感嘆の息をこぼす。

「これ、クリスタルじゃないですか！　この程度の買い物でしたら、お釣りが出ますよ。いいでしょう、取引成立です」

「本当に⁉　エドガー、ありがとう！」

オリヴィエが食材を売ってくれることになり、私は思わずエドガーの腰に抱きつく。エドガーは私を受け止めてはくれたのだが、身体を強張らせて「は、離れて」と絞り出すように呟いた。

でも、私は構わずしがみつく。

「あのブローチ、高価なものだったんでしょう？　売っちゃってよかったの？」

私が言い出したことなのに、巻き込む形になって申し訳なく思っているとエドガーは首を横に振った。

「もう、俺には必要のないものだから。使い道があるなら、あ、あのブローチも本望だと……思う」

「使い道なんてもんじゃないよ。騎士団の皆と〝私の〟お腹を満たしてくれるんだから！」

それを聞いていたオリヴィエは、私たちを値踏みするようにじろじろと観察する。

「騎士団……あなたたちは騎士団の使いかなんか――なわけはありませんね。資金を持っていませんし。それにしても、こんな大量の食材をどうするんです？」

「なりゆきで騎士団の方とご飯を食べることになったんだけど、駐屯地には干し肉と硬いパンしかなくて。ちょっと、いやかなり耐え難い食事だったから、もう自分で作ることにしたんだ」

「自分のためですか、図々しい上に食いしん坊な人ですね。まあ、いいでしょう。あのブローチ分のお仕事はさせていただきますよ」

呆れた顔をしつつも、オリヴィエは食材を運ぶための幌馬車も用意してくれた。

人数が人数だけに手では持ち帰れないほどの荷物になってしまったため、助かった。

だが、オリヴィエ自ら御者席に座り馬の綱を持ったので、私はぎょっとする。

「店主自ら、馬車を運転するの？」

「騎士団に恩を売って新たな取引先にしてもらえたら儲けもんですし、同行させてもらいます。そのついでに荷物運びくらいは手伝いましょう」

ちゃっかり商売をしに行こうとしているオリヴィエに現金だなと思いつつも、私たちは駐屯地へ戻った。

駐屯地に着いてさっそく、私は手を洗って炊き出し場で調理をはじめた。

お米を水に浸している間にトマトカツ丼のダシ汁を作るため、鍋に水と昆布、みりんがないので砂糖とお酒を入れて中火にかける。

沸騰したら火を止めて醬油の代用品――プランプランを入れた。

続いて玉ねぎを櫛形に、トマトはざく切りにする。トッピングのネギはこの世界になかったので、似た色と味の【ジャーミン】という草を代用して包丁で刻んだ。

切った具材をいったん皿に移し、私は顔を上げる。

「お米と汁の具材の準備ができたから、今度はカツね」

皆が囲むように私の手元を覗き込んでいるので、うまくできるか緊張する。私は手元に集中して豚ロースの筋を包丁で切り、塩コショウをまんべんなくかけた。

この世界に小麦粉があってよかった。豚ロースにまぶしながら、そんなことを思う。

続いて溶き卵と、パン粉もお店にはなかったので騎士団に支給されていた硬いパンを細かく砕いてつけた。

「これを油で焼きますから、皆さん火傷しないように離れていてくださいね」

この油はオリヴィエが花やその種子、豆や果肉をブレンドして作った『オリヴィエスペシャル』。ネーミングセンスのなさはさておき、植物油なので低温でも固まらないからじっくり揚げられる。ちゃんとお肉に火を通したいときには、おススメだ。

私はあらかじめ火をかけていた油の入ったフライパンに、豚ロースを入れて揚げる。

焚き火で料理するなんて、ひさしぶりかも。

お母さんがインドア派のお父さんを無理やり外へ連れ出して、よくキャンプへ行ったものだ。休みの日に家にこもっていることは、ほとんどなかった。

森や川辺、沼を一望できる高台。キャンピングカーで、とにかくいろんなところへ行った。私にとってはちょっとした旅だ。知らない景色に出会うたび、わくわくしたのを覚えている。

「やっぱり、コンロじゃないから火加減が難しいな」

私は重いフライパンを持って火に近づけたり、遠ざけたりして温度を調節した。

ときどき風にあおられて大きくなる火が、私の頬を火照らしていく。

こういうとき、お母さんが代わりにフライパンを持ってくれたな。それでなぜか、お父さんがうちわで仰いでくれた。役割が逆な気がするが、どちらかというとお母さんのほうが男らしかったのだ。

とにかく、私はひとり娘だったので、ふたりにすごく甘やかされてたと思う。

懐かしい記憶に自然と口元が緩んだとき、フライパンの持ち手を横からやんわりと掴まれた。

顔を上げると、正反対の方向を向いたエドガーがフライパンを取り上げる。

「お、俺がやる……」

「え、ありがとう！　重いなーって思ってたところだったから、助かるよ。じゃあ、表面がきつね色になるまで、両面ひっくり返しながら揚げてくれる？」

「りょ、了解」

世紀の大発明をするかのごとく、エドガーは琥珀色の油の中で踊るカツを凝視している。

そうこうしていると、私のスカートを誰かが引っ張った。

振り向けば、いつの間に隣にいたのか、木箱の上に乗ったロキが私を見上げている。

「雪、そろそろお米を炊いたほうがいいんじゃない？」

「あ、そうだね、教えてくれてありがとう。私、まだまだお母さんみたいに手際よく料理ができてないんだなあ」

お母さんが料理するときは、なにかを揚げているうちに二品目の下準備にとりかかったり、片付けも同時に済ませていたり、無駄な動きが一切なかった。

見習わなくちゃ。

お母さんのことを思い出したら、少しだけ鼻の奥がつんとする。

瞳まで潤みはじめて、私はそれを瞬きでごまかすと蓋に重石を載せて、お米の入った鍋を強火にかけた。

お米を炊きはじめると、私は汁を作っていた鍋にさっき切った玉ねぎを入れて中火にかける。

「玉ねぎに火が入ってきたら、カットしたトマトも投入して、中火でさらに煮詰めて……。エドガー、カツを引き上げてもらってもいい？」

「わ、わかった」

「出来上がったカツは油をしっかり切りたいから、いったんお皿にあげちゃおう」

油を切るための網がないので、小麦粉が入っていた紙袋を破って広げるとお皿の上に敷いた。

エドガーにはそこに揚げたカツを並べてもらい、油が切れてきたものからカットして煮汁の中に入れる。

しばらくして、ご飯が炊けた。私は先ほどオリヴィエのお店で調達した、アルミに似た銀色の箱を取り出す。そこにご飯をよそって、今度は鍋を傾ける。

オリヴィエに聞いたところ、この世界では携帯食を革袋や麻に似た素材の布に包んで持ち運んでいるのだとか。もちろん、お弁当という言葉も初めて耳にしたらしい。

食べ物を直接布でくるんで持ち運ぶなんて、布も食べ物も汚れるし、現代じゃ考えられない。その点、アルミなら油汚れも簡単に落ちるから洗い物が楽だし、錆になりにくい上に耐久性もある。ちょうどいい入れ物がお店にあってよかった。

「ああ、おいしそう」

使ったことのない食材で、よくここまで再現できたな。私って天才かも。

汁によく絡んだカリカリのカツが、つるりとやわらかなご飯のベッドの上に沈んだ。

その瞬間、ふわっと湯気があがり、周囲から小さな歓声があがった。

そうでしょうとも、なんたって最高の出来だからね。

自画自賛しながら、私は目を輝かせる皆の前で最後の仕上げをする。ネギの代わりのジャーミンをふりかけた。

「まずは一丁出来上がり！　勝負に勝つ、トマトカツ丼弁当ですよ」

お弁当を前に出すと、「弁当ってなんだ？」「なんだかよくわからない食べ物だけど、いい匂いがするな！」という声があちこちから聞こえてくる。

「お弁当は携帯食みたいなものです。でも、圧倒的に違うのは彩りです！　食欲がわきませんか？」

「たしかに、肉がうまそうだ」

ごくりと喉を鳴らした騎士たちがトマトカツ丼弁当に釘付けになって、首振り人形のように頷く。

それに満足した私は、エドガーとせっせと大量のトマトカツ丼弁当を作った。

するとそこへ周辺の偵察に行っていたバルドさんと、幌馬車から荷物を下ろしていたオリヴィエがやって来た。

「お帰りなさい、バルドさん、オリヴィエ。それからエドガーも、お疲れさま。はい、これ。皆の分のお弁当」

お弁当を差し出せば、三人は見慣れないからか怪訝そうに受け取った。

エドガーたちがその場に腰を下ろすのを見つつ、私はロキにもウサギが食べても大丈夫そうな野菜の盛り合わせ弁当を渡す。

「私の分もあるのね。ありがとう、雪」

「ご飯は皆で食べないと、おいしくないからね」

ロキと顔を見合わせて、笑みを交わす。その光景を見たオリヴィエがフォークを落とした。

「ウ、ウサギが人の言葉を話してませんか⁉」

「あ、オリヴィエにロキのこと紹介してなかったね」

彼らの驚きようからするに、異世界のウサギは全員喋るわけではないらしい。私はロキを手で指す。

「こちら、森で出会ってから一緒に行動してるウサギのロキさんです」

「見ればわかるから！　なんでそんな平然と喋るウサギを受け入れてるんですか！」

「まあまあ、冷めちゃうのでお弁当を食べちゃいましょう！　いただきます！」

絶句しているオリヴィエの横で、私はお弁当を顔の前に近づける。

まずは匂いを嗅いだ。醤油——正確にはプランブランのどこか日本を思わせる香りに、異世界にいても故郷がそばにあるようで胸が温かくなる。

私は完熟のトマトをたっぷり載せて、フォークでこんがりと焼けたカツを口元まで運ぶと厚めの衣の表面を噛む。

その瞬間、サクッと音を立てて肉汁があふれる。

少し濃いめの汁は炊き立ての白米と合わさってマイルドになっており、カツによく合った。

「見た目からしてこってりしているのかと思えば、案外あっさりしているな。トマトの酸味で頭がすっきりする」

バルドさんは驚きの表情で、お弁当のトマトカツ丼弁当を見下ろしていた。

「食欲がわきますよね！　私、疲れたときはトマト料理を食べるって決めてるんですよ。何事も『腹が減っては戦はできぬ』、です！」

「なんだ、それは」

「私の国のことわざです。ここぞってときに空腹で倒れないように、まずは腹ごしらえしようっていう」

「なるほど」と納得しているバルドさんの横で、胡散臭そうに私を見ている者が一名。

「それ、あなたが勝手に作ったんじゃありませんか？　食いしん坊のようですし、自分の腹を満たすために嘘を……」

「失礼なっ、本当ですよ！」

どうやら私は、オリヴィエに食べ物のためにほらを吹く人間だと思われているようだ。曲がりなりにも乙女。食いしん坊キャラを定着させないでほしい。

「なんにせよ、雪の働きに心から感謝する」

そう言って、バルドさんはほんのわずか口角を上げた。

そのとき、「おかわりはないのか！」「こりゃあ食が進む！」という声が聞こえてくる。騎士団の皆が喜んでくれているようでよかった。私もにぎやかな空気に触発されて、大きな口でカツ丼を頬張る。

「ぬうーっ、おいひい」

やわらかな肉の感触をしっかりと噛みしめて悶えていたら、ふと視線を感じた。隣を見れば、エドガーと目が合って小さく鼓動が跳ねる。

なんだろう。滅多に視線が合わない相手と不意打ちで目が合うって、心臓に悪い。

「ゆ、雪は……すごい。女の子なのに、じ、自分の力でこんなに大勢の人を笑顔にできて」

「そう言われちゃうと心苦しいんだけど、私は誰かのためにとかじゃなくて、自分がおいしいものをお腹いっぱい食べたかったから、しただけと言いますか……」

「で、でも、結果的に皆が元気になった。ゆ、雪は周りの人間を明るい渦に巻き込んでいくみたいだ……俺とは正反対」

「大げさだよ。それにエドガーがいなかったら、食材すら手に入らなかったんだよ。今回の功労者はエドガーだと思うけどなあ」

「お、おお俺はただ、きみを手伝っただけだ。いつか俺も……」

言いかけた言葉を呑み込んだ彼は、視線をトマトカツ丼へ落とす。その横顔は陰っているようにも見えて、私の胸はなぜかざわつくのだった。

＊＊＊

駐屯地で毎日のように大量のお弁当を作り、異世界に来てから早くも五日が経った。

最初は慣れない天幕での生活や初めて見る食材の調理に戸惑ったりもしたが、無心でなにかをしているほうが見知らぬ地に来た心細さやお母さんの死から目を逸らせるので、まったく苦にならなくなっている。

今日も戦に出ている騎士たちが帰ってきたときのために駐屯地で昼食を作っていた。そのとき、「伝令、伝令ーっ」と叫びながらひとりの騎士が走ってくる。

私は何事だろう、と料理の手を止める。

頬を上気させ、やけに興奮した様子で伝令役の兵は「パンターニュ騎士団がベルテン帝国軍を撤退させました！」と続けた。

思わずエドガーと顔を見合わせ、私は子供みたいに飛び跳ねながら抱きつく。

「バルドさんたちが勝った！　お祝いしなきゃ、なに作ろう。ちらし寿司？　紅白なます？　お赤飯？　今から腕が鳴る！」

興奮して声を弾ませる私をとっさに抱きとめたエドガーは、いつかみたいに身体を硬直させた。

「お、お願いだから……は、離れて……」

「これは重症だね」

ここまで人見知りを拗らせてるとは……もう人間社会で生きていけないレベルだ。死にかけているエドガーを見ながら、今までどうやって生きてきたのか気になる。

「そこ、なに騒いでるんです？　じゃれ合う暇があるなら、こっちを手伝ってくださいよ」

どこからか、皮肉を込めた一声が飛んでくる。エドガーから離れて声の主を探せば、オリヴィエとロキが幌馬車のほうから歩いてきた。

「ふたりとも、食材を運んできてくれてありがとう。それで聞いて！　バルドさんたちが勝ったって！　お祝いになにか作ろうと思うんだけど、なにがいいかな！」

嬉しさを隠し切れずにふたりに駆け寄ると、オリヴィエが顔を近づけてきた。それも、じとりと据わった目で。

「あなた、騎士団の勝利よりもお祝いにかこつけて豪勢な料理が食べられることに喜んでいませんか？」

「うっ、もちろん騎士団の勝利も嬉しいですよ。八割は後者ですけど」

ぼそっと本音をこぼしたら、オリヴィエは呆れ交じりのため息をついた。

「食いしん坊女に、人見知り眼鏡、喋るウサギ。ここには変人しかいないんですか。とくにウサギ、こんな気味が悪い生き物とふたりきりにするなんて、心的被害を受けました。慰謝料はきっちりいただきますよ」

私含め変人三名は、びしっと効果音でも鳴りそうな勢いでオリヴィエに指差される。

それにロキは目尻を吊り上げ、耳をぴんと立たせた。

「変なウサギだなんて、失礼ね。それに私は、エドガーのブローチ分の食材をちゃんと運んでくれているか、見張っていただけだよ。お金勘定は大事だからね」

かわいらしい顔立ちに似合わず、ロキはまるで誰よりも年長者であるかのような物言いをする。

つい、お母さんと呼びたくなってしまうくらいに。

「僕が金だけとって適当な仕事をする、詐欺師のような真似をすると?」

オリヴィエの空気が張りつめていくのを感じた私は、場を取りなすように手を叩く。

「あー、そうだ！　皆でバルドさんたちのお弁当を作りましょう！」

「はあ？　僕の話はまだ終わってな――」

「ね？　それがいいです！　もうお腹がぺこぺこなんで。お腹がぺこぺこなんで！」

空腹は重要なポイントなので二度言った。

「なにがいいんですか！　あと、二回も言わなくても聞こえてます！」

「でも、大事なことなんで。私にとっては最優先事項と言っても過言ではない」

「あなたの腹事情なんて、知りませんよ！」

私は文句を言っているオリヴィエの背中を押す。こうして、私は皆を無理やり昼食作りに巻き込んだのだった。


国境線の森での戦で勝利を収めたパンターニュ騎士団は駐屯地で私の作ったお弁当を平らげたあと、王都に帰還することになった。

「それにしても、僕たちまで城に呼ばれるなんて驚きですね。まあ、僕は王城との取引をとりつける機会にできますから願ったり叶ったりですけれど」

騎士団のあとを王城御用達の馬車に乗って追っていると、オリヴィエは悪い顔をしてにやりとしている。

そうなのだ。私たちは今、騎士団の皆とともにパンターニュ城のある王都へ向かっている。

なんでも、バルドさんから『お弁当』の話を聞いたパンターニュの王様が直接会いたいとおっしゃられたのだとか。

「ただのお弁当なんだけどね」

どうして、国王に謁見することになっているのだろう。そこまでして見たいものかな、お弁当。私は膝の上に載っている、国王に献上する用のお弁当に視線を落とす。

バルドさんに頼まれて、急遽作ったものだ。

「成り行きとはいえ、騎士団の調理要員として働きましたからね。謝礼くらいいただきたいです」

向かいの席に腰かけていたオリヴィエは、ちゃっかりしている。騎士団だけでなく、国王ですら金ずるにしか見ていないのではないか。

ロキと顔を見合わせて、肩をすくめる。

そういえば、さっきからエドガーが静かだな。

隣を見れば、信じられないことにエドガーは幌馬車から飛び降りようとしていた。目を疑うような光景に、一瞬思考が停止する。

「な——なにしてるの！」

その背にしがみつき、自殺を阻止するけれど、エドガーはじたばたと暴れだした。

「帰る、無理だ、王都なんて人がうじゃうじゃいるのに……！　俺がなんのために、パンターニュの森に住んでると……っ」

「森に引きこもってばっかりいたら、人見知り治らないよ！」

「治らなくたっていい！　俺は孤独に生きる！」

「そこ、格好つけるところじゃないからね」

私がエドガーと格闘している間、傍観していたオリヴィエが訝しげに眉を寄せる。

「城に行きたくないなら、家に帰らせればいいじゃないですか」

「そんな薄情なこと言わないで、オリヴィエも手伝ってよ！」

「嫌ですよ。必死になって引き留める必要性が感じられません」

容赦ない毒を吐くオリヴィエの頭を、ロキは小さく飛び跳ねて軽く叩く。

「痛っ、なにするんですか！」

「まったく、かわいくない子だね」

腰に手を当てて叱っているロキにやっぱりお母さんみたいだと思いながら、私はなんとかエドガーを馬車の中央へ引きずり入れた。

世話が焼ける人だな。

私は馬車の出口を死守しつつ、そこから見える景色に視線を移す。

「わあ……」

時計塔に教会、立ち並ぶ豪華な家々。王都はすべてが白亜と金装飾にあふれていた。

エーデの町に比べて石畳の道は舗装されているせいか、馬車で走ってもガタガタ揺れない。

生まれてこの方、見たことのない世界に心躍らせていると、ぐったりした様子でエドガーが隣に座った。

「飛び降りたらダメだよ」

「もうしない、諦めた。あとはただひたすら、心を無にする……」

まるで、死刑宣告を受けた囚人のようだ。気の毒だが、国王の召喚なら簡単に断れないはず。罰せられるよりはマシだろう。

「それにしても、本当に私のいた世界と違うんだなあ」

少し、しんみりした言い方になってしまった。だからか、エドガーは「……帰りたい？」と尋ねてくる。その眼差しには気遣いが含まれているような気がした。

「うーん」

『帰りたい』とすぐに言えなかったことに、自分でも驚く。住み慣れた場所に戻れるなら、そのほうがいいに決まってる。知り合いもいない、土地勘もない、お金もない。こんな異世界で、ひとりで生きていける気がしない。

でも、「どうだろう」なんて曖昧な言葉が口をついて出た。

「あの世界に帰っても、『おかえり』って言ってくれる人はもういないし。それって、帰る意味あるのかな」

自分への問いだった。

お母さんが亡くなって、一緒にランチワゴンで働くっていう夢も叶えられない。滅多に交流のない従妹のところへ引き取られたあと、自分がどんな日々を過ごすのか、想像がつかなかった。

でも、この世界に来てからは充実していたと思う。ひさしぶりに休む暇もなく料理を作って、お母さんのことを思い出す時間は減っていた。

お葬式までの数日間は自分のためだけに料理をする気にならず、買ってきたもので済ませていたし、酷いときは食べることすら忘れることもあった。

「なのに、皆でトマトカツ丼弁当を食べたとき、おいしいって思ったんだよね」

きっとあのまま家にこもっていたら、お母さんがいなくなった事実に囚われて、私はご飯を食べておいしいって思える幸せも、働く充実感も忘れていただろう。

そのすべての感覚がこの異世界に来て、少しずつ戻っているのを感じていた。

答えらしい答えを出せないでいた私の頭に、エドガーは躊躇いがちに手を載せてくる。冷たくて、大きい手だった。

「帰りたくないのか、そうじゃないのか、わからないならとことん悩んだらいい。焦る必要はない……と思う」

「え？」

「な、納得がいくまで悩んで、答えが出るまでは、少しでも心動かされたことをすればいい。誰かに決められた道を歩むんじゃなくて、自分が求めるもののため……に」

エドガーの言葉がすとんと胸に落ちてくる。

まさか、あの引きこもりのエドガーからこんなセリフが出てくるなんて。

迷いが少しずつ晴れていくのを感じた。

──もう少しここにいたい。

今はなにも考えずに、その気持ちだけを優先してもいいのかもしれない。私はたしかに、この異世界での生活に心動かされたのだから。

辺りが夕日の橙色に染まる頃、私たちは王都の丘の上にあるパンターニュ城にやってきた。

敷地内には石造りの鐘塔や教会があり、庭もピンク色のダマスクローズで埋め尽くされている。

大理石が敷き詰められた廊下を歩き、バルドさんに連れられて広間に通されると、緊張で口の中がカラカラになりながら王様のお出ましを待つ。

やがて、「国王のご尊来！」という声とともに広間の大扉が開かれ、王冠を被った十一歳くらいの金髪の少年が入ってきた。

身に着けた紺の王族衣装とは対照的な深紅のマントをバサッと手で払い、彼は王座の前まで歩いてくる。そして、はじめから自分のために用意されていたとばかりに、当然のごとく腰をおろした。

「誇り高きパンターニュの騎士たちよ、大儀であった」

歳不相応の堅苦しい口調で労いの言葉をかけた少年に、騎士たちは頭を垂れる。

大の大人が子供にひれ伏している光景に唖然としていると、少年は身体を騎士の隣に控えていた私のほうへ向けた。

「我が同胞を戦場で支援してくださった恩人のご一行も、はるばる王都までご足労だった。私はシャルル・オーゼ・パンターニュ、この国の王だ」

「ええっ、国王⁉」

どっからどう見ても、小学生だよね⁉

思わず叫んでしまう私に、シャルル国王の宝石のごとく煌《きらめ》く聡明なペリドットの瞳が向けられる。

「あなたがバルドの言っていたお弁当屋とやらか。黒い髪に瞳……それから珍しい身なりをしている。風変わりではあるが、魅力的な女性だ。名前を伺っても？」

小学生……ではなく、シャルル国王の口から息をするように女性を喜ばせるような賛辞が飛び出す。

呆気にとられつつも、「野花雪です」と自己紹介した。それからバルドさんに促されて、国王の前に跪くと献上するお弁当を差し出す。

「それが例のお弁当か。ここで頂こう」

国王の一声で、急遽ランチテーブルと椅子が王間に運び込まれる。

従者が、私から受け取ったお弁当を真っ白なクロスの上に置き、国王は席についてフォークとナイフを握った。

お弁当ひとつに、大がかりな。

従者がお弁当の蓋を開けると、『豚ロースの照り焼き丼』が顔を出す。肉だけではお弁当が茶色一色になってしまうので、半熟卵とネギの代わりに【ジャーミン】を刻んで載せ、見栄えも工夫した。

「おお、これは——表面がキラキラと輝いているな！」

おそらく、酒と醤油と砂糖、それからすりおろしたニンニクで作ったタレのことだろう。シャンデリアの光を浴びて、いっそう表面がつやつやしている。

「いただきます」

国王はスプーンで優雅に豚ロースの照り焼き丼をすくう。綺麗な所作で口元に運ぶと、「んん！」と謎の唸り声をあげて国王は目を見開いた。

「甘いのにしょっぱいぞ！　だが、どちらもしつこくない。絶妙な割合で、ライスが進む！」

さっきまでの威厳漂う雰囲気はどこへやら、子供のように国王がはしゃぐ。歳相応の反応だとは思うが、国王の変化に従者たちは目を丸くしていた。

それに気付いた国王は、こほんっと軽く咳払いする。我に返ったらしい。

「雪、パンターニュの王都に店を構え、そなたのお弁当をぜひ民にも振る舞ってはくれないだろうか。その資金は、こちらで用意しよう」

「ええっ」

そんなに気に入ってもらえたなんて、予想外だ。

期待に満ちた目で見つめてくる国王に、私は困り果てる。

どうしよう。私、別に王都でお店を開きたくて、異世界にいるって決めたわけじゃないんだけど。

「申し訳ないんですけど、お断りさせていただきます。この国に来たばっかりですし、まだ、どこに腰を落ち着けるのかも決まってないので」

いつか元いた世界に帰るかもしれないのに、お店なんて持ったら中途半端に投げ出すことになる。

なのできっぱり断ると、従者たちから「他の誰でもない、国王の願いであるぞ！」「無下にするなど言語道断！」とヤジが飛んできた。

「やめよ」

すっと手を挙げて、国王はその罵倒の嵐を静める。

「それならば、仕方ない。また、機会を見て口説くとしよう。では雪、それから彼女の仲間たちも、騎士たちが世話になった礼だ。謝礼金を贈らせてもらおう」

その言葉にオリヴィエが微かに口端を釣り上げたのを見逃さなかった。思い通りに事が運んで、嬉しかったんだろうな。さすが商売人、現金だ。

私は顔を引きつらせながら、返事をするべく国王を見上げる。

「お金なんて、大丈夫です」

ここでお金を受け取って、後から返せと言われても困る。もしくは、後々見返りを請求してきて、一生国王にお弁当を作らせる魂胆とか。

女子高生だって、わかる。この手のうまい話には裏がある。疑ってかかっていると、国王が私の前に立った。

「そなたのお弁当は、本当においしかった。これは、その礼も兼ねている。誓って、見返りなど求めない。安心して、受け取ってほしい」

読まれている、私の思考は完全に読まれている！

さすがにいたたまれなくなった私は、素直に「はい」と頷いた。

「それでいい」

私の返事に満足した様子の国王は、王座に戻る。

「この国は私が生まれる前から、ベルテン帝国の侵略を受けている。前国王も、その戦での負傷が原因で崩御した」

静かに国王の置かれている状況を語られ、私は「え……」と言葉を失う。

前国王、つまりシャルル国王のお父さんは戦で亡くなった。まるでファンタジー小説やゲームの中の話みたいだ。頭が追いつかないでいる間にも、国王の話は続く。

「幼い私の即位は簡単にはいかず、国王が不在である今が好機とばかりにベルテンの皇帝はパンターニュに攻め入ってきた。私が即位したときにはすでに、いくつかの領地がこの手を離れていてな」

私の国でいえば、彼はまだ大人に守られるべき小学生だ。

それなのに親も失って、それでいて国の主として凛然と振る舞っている。

そこで初めて、彼が大人びている理由がわかった。

日本の小学生とは、背負っているものが圧倒的に違いすぎるのだ。

「今回の国境線の戦もベルテンに押し切られれば、パンターニュはまたひとつ領土を失っていただろう。ゆえに重要な戦いの中にいる騎士たちを支えたあなた方への感謝は、謝礼金などでは足りないくらいだ。どうか、私の気持ちを受け取ってほしい」

戦争のことはよくわからないが、成り行きとはいえ結果として私のお弁当が役に立てたならよかった。

私は「ありがとうございます」と頭を下げて、広間をあとにしたのだった。

城を出る頃には、外は真っ暗だった。

駐屯地で一緒だった騎士たちは城内の騎士棟に戻り、オリヴィエは馬車でエーデの町に帰っていく。

それを見送った私は異世界で行く当てなどなく、お母さんのレシピ本を胸に抱きしめて城門の前で立ち尽くしていた。

「私はこれからどうすれば？」

まずは宿探しだろうか。といっても土地勘がないから、宿を探せない。お金はあるけど、高い安いの金銭感覚がわからないので、ぼったくられたりしないか不安だ。

途方に暮れるとはこのことである。

そんな私に気付いたのだろう。エドガーもロキも森に帰るに帰れないようで、私の隣でじっとしている。

「べ、別の世界から来たって言ってたけど、滞在先……は、あるの？」

珍しく、エドガーから質問してきた。あれだけ行きたくないと騒いでいた王都から真っ先に逃げたかったのはエドガーだろうに、まだそばにいてくれたことに驚く。

「ううん、この世界に来たのはエドガーとあの森で会ったときだから、住むところとかはないの。だから、これからどうしようかな……って」

エドガーを見ながら考えていたら、ふと名案が浮かぶ。

「ねえ、エドガー」

「い、嫌な予感がする」

まだ名前しか呼んでいないのだが、即座に背を向けて逃げ出そうとするエドガー。

私はその背に飛びつき、半泣き状態で懇願する。

「い、行かないで！　私を家に置いて！　お願いっ」

「は、離してくれ！　宿なら探す！　で、でも、誰かと一緒に暮らすなんて無理だっ」

腕と足をばたつかせて、なんとか逃れようとする大の男と必死に引き止める女子高生。門の前に立っている衛兵たちが不審そうに眺めている。

「いい加減にしな！」

見かねたロキが私たちのところへ歩いてくると、「ふたりとも正座だよ！」とウサギとは思えない形相で怒った。

「こんなところで叫んだら、人様の迷惑になるじゃないか。エドガーも、女の子ひとりくらい泊めてやりな」

「いや、でもそれは無理……自分のテリトリーに他人がいることに耐えられな……」

「でもも、へチマもないよ！」

「す、すみません……」

怯えながら私の背にさりげなく隠れるエドガーに、ロキはため息をつく。

「帰りたくないのか、そうじゃないのか、わからないならとことん悩んだらいいって言ったのはエドガーじゃないの。言葉には責任を持ちな。雪が納得いくまで悩んで答えを出せるまで、面倒見るくらいの気概は見せられないのかい？　男だろ」

それにエドガーは押し黙り、ちらりと私を見た。けれど、目が合った途端に顔を背けられてしまう。

「エドガー、誰でもいいってわけじゃないの。異世界にいる間、身を寄せるなら、なんだかんだここまで付き合ってくれたエドガーがいいなって、そう思ったからなの」

エドガーは静かに目を見開き、息を呑んでいる。だからなんだと、突っぱねられるだろうか。内心ハラハラしながら、エドガーの答えを待つ。

「……わかった、腹をくくる」

死地に赴く戦士のように、深刻な面持ちでエドガーは承諾した。

「一応、エドガーは男だからね。くれぐれも、うちの娘を襲うんじゃないよ？」

いつの間にか、私はロキの娘になっていたらしい。

凄みながらロキが念を押すと、焦った様子でエドガーは顔の前で両手を振り、弁明をはじめる。

「も、もちろん、変な気は起こさない！　雪は若いし、子供に手を出す趣味は持ち合わせてない、からっ」

「うん、そこまで全力で否定されると、かえって失礼だからね。それにロキ、エドガーに限ってそれはないから大丈夫だよ。だって、目すら合わせられないのに、どうやってキスとか、エッ――」

言葉尻を捕らえるように、ロキが「やめなさい！」と私の口をそのモフモフの小さな手で塞いできた。

これくらい、今どきの女子高生なら誰でもする会話なのに。

「さ、そろそろ帰りましょう」

なぜか仕切るロキに、「俺の家なのに……」とエドガーがぼやく。

「え、ロキは森に帰らなくていいの？」

一緒にエドガーの家に行くような空気を醸し出しているけれど、野生に戻らなくていいのだろうか。いや、服を着ているから誰かに飼われている可能性もある。それなら、ご主人が心配していることだろう。

でも、ロキは私のスカートの裾を小さな手でぎゅっと握り首を横に振る。

「私は雪といるわ。だから私も一緒に行く」

「本当に⁉　ロキがいてくれるなんて心強いよ！」

ロキの首にひしっと抱きつき、そのまま片手で抱き上げる。そして、空いたほうの手をエドガーの腕に絡ませた。無論、逃走を阻止するためだ。

「なぜ、わざわざ、腕……を？」

エドガーは錆びたネジを回すように、ギギギッとぎこちない動きでこちらを振り返る。その震えようといったら、寒空の下で追い剝ぎに遭ったかのようだ。

「きみは包囲されている」

「い、意味がわからない……」

魂が抜けて抜け殻のようになったエドガーの腕を無理やり引っ張って歩き出すと、自然と視線が上を向いた。街灯が少ないせいか、私のいた世界よりも星の瞬きが鮮明に見えて月が近く感じる。ときどき吹く夜風が冷たくないのはきっと、エドガーが私に帰る場所を作ってくれたからだろうと思った。


エドガーの家は国境線近くのパンターニュの森の中にあった。

「ちょっと散らかってるけど、さ、避けて入って」

レンガ造りの家で外観は大きい。中はさぞ広いはず……なのだが、私は入り口から前に進めない。理由は足の置き場がないからだ。

「ちょっと避けるどころの話じゃないんだけど」

ざっと見たところ、床には脱ぎ捨てた衣服にスパナのような工具の数々と用途不明な機械、腐って異臭を放つリンゴ（以下、省略）が転がっている。

「これはゴミ屋敷だね」

絶句している私の隣で、ロキがぼそっと呟いた。

お世話になるのに失礼だとは思うが、ロキの感想は的を射ている。

一方、エドガーはというと、片足を上げながら頭を下げて障害物を避けるというすご技を見せつつ、どんどん中へ進んでいた。

そんなアクロバットをしなくても済むように、片付ければいいのに。

「エドガー、もう少し綺麗にしたほうがいいと思う。足の踏み場がないし、毎回そんなアクロバットしないと入れないなんて、大変じゃない？」

「こ、これでも一ヶ月前に大掃除したんだ」

「いや、むしろ一ヶ月も掃除してないの⁉」

「うん、でも発明に没頭してるとあっという間に足の踏み場が……うわあああっ」

話に気を取られたからか、エドガーはなにかに足を躓かせて、ゴミの山の向こうに消えていった。

「エドガー⁉　いずこへ！」

このままでは怪我をしかねない。寝泊りする場所を確保するためにも、私は居候初日からロキと一緒にエドガーの家を掃除することになった。

翌日、目が覚めると至近距離にロキの顔があった。

まだ眠っているので、私は起こさないようにベッドを降りると綺麗になった部屋を見回す。

このベッドや椅子、テーブルといった家具も全部、エドガーの手作りらしく、売り物にしてもなんら問題はないクオリティだ。

そして、なによりすごいのは、この家もエドガーが自分で建てたということだ。

「エドガーは発明家だけど、大工もできるんだ。作るのが本当に好きなんだなあ」

作るのが好きという意味では、私の料理と似通ったところがあるのかもしれない。

そう思いながら、私は着替えをするためにタンスを開ける。そこには謝礼金で購入した服が数着入っている。

昨日、片付けが終わったあと。この家には夕食の材料がなにもなかったので、皆でエーデの町に行った。そのついでに買ったものだ。

寝間着を脱ぎ、白のブラウスの上からマスタードイエローのワンピースを重ね着する。最後に茶色い革のブーツを履いてしっかり紐を締めると、お母さんのレシピ本を抱えてリビングに向かった。

この世界にも時間の概念があるようで、壁にかけられたエドガー作の大時計は午前七時を指している。

振り子部分にあるガラス板の向こうには、お姫様と王子様の人形が入っていて、午後十二時になるとワルツを踊りはじめるらしい。

この時計のように、彼の発明品がこの家にはあふれていた。

暖炉にはすでに火が灯っている。

発明のために作られた離れの作業場から鉄を打つような音が聞こえてくるので、エドガーがもう起きているのだろう。

「こんなに朝早くから発明をしてるんだ。そうだ、ロキも起こして朝食にしよう」

さっそくキッチンに行き、エドガーが手作りした冷蔵庫を開ける。

中からひやっとした冷気が出てくる仕組みは昨日も聞いたのだけれど、気化熱がどうのこうのと難しすぎて理解できなかった。

「朝食、なににしようかな。エドガーは発明の片手間に食べれるものがいいよね」

私は食材を見ながら、メニューに悩んでお母さんの分厚いレシピ本を開く。

「あ、おにぎらず……」

握らないおにぎり、おにぎらずはお母さんがランチワゴンでお弁当屋を開いていたときの人気メニューだった。

学校が休みの日、お母さんの仕事を手伝ってランチワゴンに乗ると、決まって私にも作ってくれたのを思い出す。いわゆる、まかないというやつだ。

毎回、中に入れる具材の組み合わせをいろいろ試すのだが、なにを血迷ったのか、お母さんがデザートおにぎらずを作りたいと言い出したことがあった。そのとき生まれたバナナと生クリームのおにぎらずは、この世のものとは思えない味がした。

「もう二度と、作られることはなかった幻のおにぎらずだけどね。あ、でもキムチとマヨネーズのおにぎらずは意外においしかったなー」

レシピに書かれたお母さんの文字を指先でなぞりながら、私はあのときの楽しい気持ちが蘇ってくるのを感じつつ材料を確認する。

するとそこには【プランブランの代わりに醤油を使う】と書いてあった。

「お母さんのレシピ本に、どうして異世界の調味料の名前が？」

他にも異世界の調味料や食材を日本のものと比べるような説明書きがたくさんあり、困惑していると背後から声がかかる。

「雪、どうしたの？」

振り返るとロキがいた。

「お、起こしに行こうと思ってたんだよ。おはよう」

隠す必要などどこにもないのだが、なぜか慌ててレシピ本を閉じてしまった。

きっと、まだ少し頭が混乱しているのだ。

私は次々とわいてくる疑問をすべて頭の外に追い出し、煙突付きの炉の前に立つ。

そこに積まれた薪に火をつけて、上から吊るされた鋳鉄の窯でお米を炊いた。

「朝食を作ってたんだね」

近づいてきたロキの足元に、私は踏み台になりそうな木箱を用意してあげた。

その上にぴょんっと飛び乗ったロキを見届け、私は玉ねぎを薄切りにしながら答える。

「おにぎらずを作ろうと思って」

フライパンで豚ロースと玉ねぎを焼き、砂糖とお酒を小さじ一杯、生姜のすりおろしと醤油の代わりにプランブランを大さじ二杯混ぜたものを投入する。

「プランブランの香ばしい匂いがするわね。ご飯が進みそう」

「ご飯が進むって……ロキはウサギでしょう？　というか、ずっと聞きたかったんだけど、ロキはどうして人の言葉が話せるの？」

この世界の人も喋れるウサギに驚いていたので、ロキは特殊なのだと思う。

手を動かしながら隣を見れば、ロキは耳を垂らして目を伏せる。

「そうよね、おかしいわよね……。私はきっと、ここにはいちゃいけないのよ」

耳をぺたんと下げるロキに、私は手を止めた。

「どうして、そんなふうに思うの？　私はロキと喋れて嬉しいのに」

その問いかけには答えず、ロキは曖昧に微笑んだ。

急にどうしちゃったんだろう。

不思議に思い、さらに言葉を重ねようとしたとき——。

「ありがとう。人間って喋るウサギに耐性ないからね。だから、生きづらいったらないわ。まったく、耳としっぽが生えてるか、そうじゃないかの違いしかないってのに、困ったもんだよ」

ロキは、いつもの調子に戻っていた。さっきまでのセンチメンタルな気分はどこへいったのやら、短い手で窯を差す。

「そろそろお米が炊けてるんじゃない？」

「あ、忘れてた！」

私は急いで窯を火の元から離し、蒸らすために炉の端に置いた。

「雪、なにか手伝うよ」

「じゃあ、トウモロコシ取ってくれる？　トウモロコシご飯にしようと思ってるんだ」

するとロキが両手でせっせと運んできてくれた。私はトウモロコシを茹でて実を外し、蒸らし終えたご飯に入れる。そこへ塩コショウも加えてよく混ぜ合わせた。

「本当はおにぎりが崩れないように海苔を巻きたかったんだけど、お店では見つけられなかったから、きっと異世界にはないんだよね」

なので先ほど炒めた生姜焼きをレタスとトウモロコシご飯で挟み、包丁で二等分して出来上がったおにぎらずをお皿に並べる。

エドガーの発明品であるポットのようなものでお湯を沸かし、【ムーギ】という抹茶に似た苦みがあるお茶を淹れるとトレイに載せた。

「エドガー、きっと料理をしないんだね。炉は使った形跡がないし、ポットと冷蔵庫は発明したのにコンロは作らないんだから」

この異世界では火を起こすのが大変だ。

木製のまいぎり式の火起こし器で火を起こしてから、火力を維持するために料理の最中も薪をくべなければならない。

冷蔵庫の中身は剥けばすぐに食べられる果物ばかりで、料理をしていないのは明白。

これから料理は私が作ることになりそうなので、手間がかかる火起こしこそ発明してほしい。

私は苦笑しながら、あらかじめ冷蔵庫から出して常温に戻しておいたレタスとサツマイモ、リンゴを使ってロキのご飯を用意する。

「コンロ、エドガーに頼んでみたらいいんじゃない？」

「そうだね。家も冷蔵庫も作れるんだからコンロも発明できちゃいそうだし、お願いしてみるよ。それじゃあ、エドガーに食事を渡してくるね」

私はロキの朝食をセッティングしてから、おにぎらずが載ったトレイを手にキッチンを出る。

外の渡り廊下を通って、離れの作業場にやって来た。鉄の仮面をつけたエドガーが溶接機に似た道具で火花を散らせながら、黙々と作業をしている。

なに作ってるんだろう。

トレイを持ったまま発明を観察する。少しして作業がひと段落したのか、エドガーが鉄のマスクを脱ぎ去った。

作業台の上にある眼鏡をかけてこちらを振り返り、私がいることに気付くと、エドガーは「ぎゃっ」と驚きの声をあげてうしろへ飛び退いた。

「朝ご飯、持ってきたよ」

「朝……？」

エドガーは作業場の窓を見上げる。もしかして、昨日の夜から作業していたのだろうか。

「ああ、もう朝だったんだ。発明してると、時間を忘れるな」

「じゃあ休憩がてら、私と食べようよ。なんの発明してたのかも、聞きたいし」

「でも、まだ発明の途中……けど、お腹も空いたような……」

彼の中で発明は、人間の三大欲求である食欲と同レベルのところにあるらしい。

作りかけの発明品と、私の顔を交互に見て葛藤している。

やがて、エドガーは作業台を空けて椅子をふたつ用意してくれた。迷った末、食欲を優先したようだ。

私たちは隣り合って、濡らしたタオルで手を拭くとまるでサンドイッチのような様相のおにぎらずをひとつ手に取り、かじりつく。

最初は私が横にいるのが落ち着かない様子だったエドガーも、おにぎらずを食べはじめたら無心でもぐもぐと口を動かしていた。味の感想を知りたかったのだが、瞳を輝かせながらおにぎらずを凝視しているところを見ると、気に入ってはくれたようだ。

「……んぐ、ライスの中になにか入ってる？　甘い気がする」

「トウモロコシご飯だよ。具がないところも、味がするように工夫したの。塩コショウが効いてておいしくない？」

「うん、それにご飯とレタスを一緒に食べたのは初めてだ。肉の甘じょっぱさでご飯が進むし、レタスが入ってるから後味はさっぱりする……はむっ」

そんなに手の込んだ料理ではないのだけれど、よっぽど感動したのか、エドガーはすらすらと食レポをする。

「生姜焼き入りのおにぎらずっていうんだよ」

「おにぎらず……初めて聞いたな」

パクパクとものすごい勢いでおにぎらずを口に運ぶエドガー。そろそろ詰まらせないかが心配になる。

私がお茶を差し出そうとしたとき、案の定エドガーはごふっと咳き込んだ。

「エドガー⁉　ほら、これ飲んで！」

その背を叩きながら、私はお茶が入ったカップを差し出す。

それを慌てて受け取ったエドガーは、カップに口をつけて勢いよく傾けた。

「え、それ熱いよ⁉」

私の忠告も空しく、ゴクゴクと喉を鳴らしながら飲むエドガーは「あっつ！」と叫びながら勢いよくお茶を吹き出した。

「ごほっ、げほっ……死ぬ、口の中が溶ける……っ」

「エドガー、落ち着いて！」

ご飯を食べるのも忘れる、身なりを整えるのも怠る、家と作業場を見回せば物が積み木のように重なっていて整理整頓ができないのは一目瞭然。あと、コミュ障。発明のこと以外には無頓着な彼の生活能力のなさは目に余るほどだ。

「はあっ、はあ……一瞬、天国が見えた」

猫背のまま、幸の薄そうな顔で空になったカップの底を見つめるエドガー。危なっかしい人だな。発明家って変人が多いっていうけど、異世界でもそうなのかもしれない。

命の危機と直面したらしいエドガーは顔に疲弊の色を滲ませ、食事を再開する。だが、今度は前髪がおにぎらずにつきそうになっていて気になる。

あれ、やっぱり長すぎるよね。

切り落としたい衝動にうずうずしながらおにぎらずを完食した私は、食事を終えるのと同時にエドガーの手を掴んだ。

「エドガー、ちょっとこっちに来て」

強引に手を引き、部屋の出口へと歩いていく。作業場から出るとき、台の上にあったハサミも拝借した。

「えっ、どこに行くの？」

「洗面所！」

戸惑っている彼を洗面所に連行すると鏡の前に座らせる。先ほど入手したハサミをシャキンッと構えれば、エドガーの顔から血の気が失せる。

「な、なにをするつもり？」

「ハサミ持って洗面所に来たんだから、やることはひとつでしょ」

「――殺《や》る!?」

エドガーはブルブルと震えながら、椅子の背もたれに縋りつく。なにか、大きな勘違いをしているようだが、この際どうでもいい。私の任務は放置されて伸び放題になった雑草のごとき髪を除草ならぬ除毛すること。

「人のは切ったことないけど、まあ、なるようになるか」

「――人間を切る!?」

いちいち騒ぐエドガーに構わず、私は鬱陶しいほど乱雑に生えている髪にハサミを入れた。まずは長い上に、長年櫛で梳いていなかったせいで絡まった後頭部の髪からだ。エドガーは唖然としながら、鏡越しにハラハラと散る銀の髪を見つめている。相当ショックだったのか、微動だにしない。

エドガーはしばらくおとなしく髪を切られていたが、眼鏡にかかるほど長い前髪に取りかかろうとしたときだった。

「待って、そこだけはダメだ！」

我に返ったのか、エドガーは暴れだす。私は抵抗するエドガーから眼鏡を奪い取って、狙いを定めた。

「問答無用！」

前髪をばっさりと切り落とすと、綺麗な碧眼がよく見えるようになった。

前髪がよほど大事だったのか、失った事実に打ちひしがれている彼に、私は洗面台に置いてあったカミソリらしき道具を握らせる。

「その髭を剃ったら、少しは外に出たくなるかもよ」

「いや、髭がなくなったら俺の顔が前面にでちゃうから、できな――」

「エドガーは素性を隠さなきゃいけないようなこと、してないでしょ？」

「いや、その……してないとは言えないというか……」

もごもごと言い淀んでいる彼に、私はずいっと顔を近づけて凄む。

「髭はボーボー、髪もモサモサ、見るからに怪しいし。それだと初対面から印象が悪くなっちゃうよ。エドガー、いい人なのにもったいない」

現に私は、彼と初めて会ったときに不審者かと勘違いした。

第一印象は大事なので、そう言い聞かせると彼は渋々髭を剃りだす。

その間に、私は彼の衣服を取りにいくことにした。目を離した隙に逃げられそうで不安だけれど、いったん洗面所を離れる。

「失礼しまーす」

勝手に入るのは気が咎めるが、彼の部屋のタンスを開けて比較的綺麗そうな服を手に取ると急いでエドガーのもとへ戻った。

「エドガー、ただい……ま」

鏡越しに目が合った美男を見て絶句した。

肌艶から二十代半ばだろうとは思っていたのだが、髭と長い前髪のせいで年老いて見えていた彼が今や別人。きりっとした眉にすっと通った鼻筋、引き締まった口元にシャープな輪郭。あきらかになった彼の顔貌は高貴ささえ感じさせる。

「こ、こっちのほうがいいよ！　エドガー、こんなにかっこよかったんだ！」

「俺は……落ち着かない」

弱りきった表情で、エドガーは眼鏡をかける。眼鏡もないほうが、イケメンぶりが前面に出るのではないか。そう思い立った私は、エドガーの前に回り込む。

「エドガー、それも外さない？」

「外さない」

即答だった。無理強いはできないので我慢する。彼の顔周りがすっきりしただけでも満足だ。

「あとは着替えね。私は作業場で待ってるからたく」

「……はい」

連日、寝ずに荒野を彷徨ったんですか？と聞きたくなるほどやつれた面持ちで、エドガーは服を受け取る。そんな彼とは対照的に、私は足取り軽く作業場に向かうのだった。

私はエドガーを待ちながら、作業場の中にある発明品を物色していた。

「これ、車？」

作りかけのようだが、座席が囲われておらず、タイヤが大きい。外装だけでいうと馬車が車になったようだ。

色もベージュでかわいらしいのだが、対する座席シートはワインレッドのソファーのようで、ハンドルは黒革だからか高級感があった。

興味津々に、いろんな角度から観察していると――。

「それはオートモービルだよ。原動機、自然界のエネルギーを車輪を回転させる運動に変えて、地面を走らせるんだ」

難しい説明とともに現れたのは、着替えも済んで爽やかな印象に変わったエドガーだった。

私は隣にやってきた彼を見上げて、車のような乗り物を指差す。

「このオートモービル、だっけ。エドガーが作ったんだよね？　キッチンの冷蔵庫といい、ポットといい、リビングの大時計といい、エドガー天才だよ！」

本心から出た言葉だったのだが、お世辞ととられてしまったのだろうか。エドガーは浮かない表情をしている。

「でも、趣味の範囲で誰の役にも立ってない。俺のしてることって、無駄なんだよ」

「無駄!?　どこら辺が？」

私が驚きの声をあげた途端、エドガーは「ひっ」と小さな悲鳴とともに飛び上がる。

「ぜ、全部、だけど……」

「エドガーは、自分の価値をわかってらっしゃらない！　冷蔵庫がなかったら食材が腐っちゃうし、お湯を沸かすにも火を起こすところからしなきゃでしょ？　もう時間と手間がかかる！」

「そ、そう？」

私の勢いに押されてか、エドガーは後ずさりする。それを追いかけていると、ついにエドガーの背が壁にぶつかった。私は彼の発明がいかに素晴らしいかを伝えるべく、ドンッと壁に手をつく。そこでふと、違和感を覚えた。

――あれ？　これって少女漫画では鉄板の胸キュンシチュエーションでは？　なんで曲がりなりにも乙女（二回目）の私が、男の人相手に壁ドンしてるんだろ。いや、まあいいか。ちっこいことは気にしない。禿げるから。Ｂｙお母さん。

気を取り直して、私はエドガーを褒めちぎる。

「でも、エドガーの発明があれば新鮮なまま食材を保管できて、食中毒になる心配なし！　料理ももっと時短できる！　エドガーさまさまですよ」

「う、うん、ありがとう」

「一家に一台、エドガーがいると便利！」

「それ、褒めてる？　でも、とりあえず、は、離れて。この体勢は男として情けないっていうか……なんかちょっと違う気がするから」

力説する私をやんわりと押し退けたエドガーは、ふうっと息をつく。それから口元を手の甲で押さえて、長い間のあとにぷっと小さく吹き出した。

エドガーが笑った！

初めて見たかもしれない。物珍しくてじっと目に焼きつけていると、エドガーは穏やかな表情のまま、私に視線を向ける。

「雪のほうこそ、人を動かす天才。雪にそう言われると、なんでもできそうな気がしてくる」

「じゃあ、さっそくお願い！　さっき、ロキと話してたんだけど、コンロを作ってもらえないかなーって」

「それ、どんなカラクリ？」

コンロは聞きなれない言葉だったのか、エドガーは首を傾げる。

「えっと、どんなって聞かれると難しいな。ガスの元栓を捻って、スイッチひとつで火がつくの。しかも、弱火、中火、強火って火加減を調節できるレバーがついてて……」

「ガス？」

「あー、ガスがどういうものなのか、私も詳しくは知らないんだけど、透明な気体で火がつくんだ」

「燃える気体か……。石炭を蒸し焼きにして、炭素部分だけを残した気体燃料なら作ったことがある。そうか、あれはガスっていうのか。それを貯蔵しておくボンベかなにかを作る必要があるな」

いつもはどもっているくせに、どうしたことだろう。顎をさすりながら、流暢に言葉を並べているエドガーは、どこか楽しそうだ。

「ふっ、ふふ……ああ、すごく面白そうだ」

エドガーは不気味な笑みを浮かべながら、爛々《らんらん》と瞳を輝かせている。正直、かなり怖い。発明のことを語るときの彼は、まるで何者かに憑りつかれたかのようだ。無気力で引きこもりのエドガーは、どこへいったのやら。

「雪、そのコンロの絵を描いてほしい」

「りょ、了解」

渡された紙に羽ペンを走らせていると、私の手元を覗き込んでいた彼がぽつりと尋ねてくる。

「雪は将来、料理人になるの？」

「……うーん、ちょっと違うかな。私、本当はランチワゴンを開くのが夢だったの。そこで、お弁当屋をやろうって、約束してて」

ふと、お葬式の光景が脳裏をよぎって手が止まる。そんな私を不思議に思ったのか、エドガーが気遣うような視線を向けてくるのがわかった。

「お母さんと約束してたの。一緒にランチワゴンでお弁当屋さんをやろうって。でも、お母さん、事故に遭って死んじゃって……」

言葉が詰まった。おかしいな、これまで全然平気だったのに。滞在先が決まって、気が緩んだせいかもしれない。

「これからどうしようって悩んでたときに、この世界に来たんだ」

声が震える。呼吸が重くなるのを感じたとき、エドガーが拳を握り締めたのが見えた。

「エドガー？」

不思議に思って名前を呼ぶと、エドガーの手が躊躇いがちに私の後頭部に回る。

「え……」

一瞬、自分がなにをされたのかが理解できなかった。優しく抱き寄せられている。

それも、人間不信を病的なまでに拗らせているエドガーに。そのぎこちない仕草と、彼の胸から聞こえてくる規則正しい鼓動に段々と、さざ波立っていた気持ちが落ち着いてきた。

「でもね、うじうじ悲しんでるのは嫌なんだ。お母さん、『人生一度きりなんだから、くよくよして俯いてばっかりいたら損』、が口癖だったし」

エドガーは励ましたり、共感したりはせず、静かに私の話を聞いている。それがかえって、ありがたかった。

「いつ死ぬかわからないんだから、私もお母さんみたいに人生楽しむだけ楽しみたい。時間なんて、あっという間に過ぎ去っていっちゃうんだし、落ち込んでる時間なんてないもんね」

「……そういう前向きなとこ、雪のいいところだと思う……けど、ふとした瞬間に母君のことを思い出して、悲しくなるのは当然……だから、その……無理に泣くのを我慢しなくていい、と思う」

たどたどしいのに、なんでこうエドガーの言葉は心にすっと入り込んでくるのだろう。目の奥が熱くなって、ぽろっと涙の粒がエドガーのベストに落ちる。

すると、普段ならおどおどして絶対に自分から誰かに触れたりしないエドガーが、子供をあやすように私の頭を撫でた。

それに、トクンッと心臓が脈を打つ。

なんだろう、この気持ち。エドガーのギャップにときめいた？　いや、いやいやいや、そんなまさか。

それはないだろうと軽くかぶりを振っていたら、穏やかな声が頭上から降ってくる。

「雪はいつか、自分のいた世界に帰るの？」

「今は、帰りたくない」

自分でも驚くくらい、はっきりそう答えていた。私はエドガーの白衣を握りしめ、顔を上げる。

「帰ったところで、私の居場所があるのかもわからないし。なにより、この世界にはどんな国があって、どんな人たちがいて、どんな食べ物があるのかとか。考えるとわくわくするんだ。だから、もっともっとこの世界のことを知りたい。今はその気持ちに従ってみようと思う」

「……なら、帰りたいと思う日が来るまで、この世界で母君との約束を果たしたらいいんじゃない……かな」

その提案は予想していなかった。私が「え？」と目を瞬かせていると、エドガーのやる気がみなぎった瞳に出会う。

エドガー、こんな顔もするんだ。

無気力がスタンダードの彼が見せる新たな一面に目を奪われていたら、長く骨ばった指先が伸びてきて軽く私の下瞼を拭っていった。

「ランチワゴンで、この世界を旅するんだ」

「旅かあ……面白そう！」

子供の頃、家族でいろんなところへキャンプをしに行ったときとは比べ物にならないくらい遠くまで行けたら、楽しいだろうな。

「私、ご当地の食材でお弁当作りたいかも。で、お腹いっぱい食べる」

「いいんじゃない？　食道楽」

「うん！　ありがとう、エドガー。私、この世界でランチワゴンを開く！」

拳を握って意気込むと、エドガーが口元をむずむずさせながら笑いを堪えているのに気付いた。

「浮上した？」

気分が、という意味だろう。

「うん、今なら天井突き抜けて、宇宙まで飛べそうなくらい浮上した！」

エドガーから離れて明るく答えると、「う、ちゅう?」と返ってくる。私が空より遥か上に存在する空間であることを伝えると、エドガーは「ロ、ロケットがいる!それも人が乗れるくらい大きいやつ!」と興奮していた。

「エドガーってロケット知ってるの?」

「知ってるもなにも、これから俺が作ろうと思ってる発明品の名前だから。もともと、月に行くための装置を作りたいと思ってたんだ。まだ設計図の段階なんだけど、名付けてロケット。雪の世界にはもうあるの?」

「うん。そのロケットに宇宙飛行士が乗って宇宙に行くんだよ」

エドガーの顔がぱっと輝く。その横で、私はこれからのことを考えていた。ランチワゴンをやるなら、絶対に用意しなきゃいけないもの。それは――。

「まずは、ランチワゴンですよ」

「う、うん?」

私の唐突な呟きに、エドガーは困った顔をする。

この世界は馬車が主な交通手段みたいだし、車はなさそうだ。けれど、エドガーの作業場にはオートモービルがあった。もしかして、エドガーなら作れるのではないだろうか。私は期待を込めて、エドガーを見つめる。

「お願いがあります！　これは、エドガーにしか頼めない——というか、エドガーにしかできない！」

「う、うん。とりあえず落ち着いて。それで、お願いって——」

「ランチワゴンを作って！」

エドガーの言葉尻に被せる勢いで言った。エドガーは驚いていたけれど、徐々に嬉しそうに口元を緩め、目をぎらつかせる。

あ、出た。エドガーの発明家モード。

「お安い御用だよ。わかる範囲でいいから、外装の素材と機能を教えて」

「うん！　あーっ、どうしよう。すっごく、楽しみになってきた！」

ふたりで作業台の前に立ち、私は紙にランチワゴンの絵を描いていく。

それをもとに隣でエドガーが設計図を作り、あっという間に日は暮れていった。

＊＊＊

異世界に来てから早くも一ヶ月、私たちはお弁当屋の開店準備に追われていた。

エドガーは一番大変な作業であるランチワゴンの製造にかかりっきり。対して私は弁当箱や持ち運べる椅子やテーブル、制服の手配などに追われている。ちなみに、開店資金は国王からもらった謝礼金をあてることにした。

今日はお母さんがやっていた【ニコニコ弁当屋】の文字と、ニコちゃんマーク入りのエプロンやのぼり旗が出来上がったので、リックベル商店にやってきている。

「ちゃんとお金はあるんでしょうね？　まさか、あれだけの大金を国王陛下からいただいておきながら、使い果たしてなどいないでしょうね？」

「ひ、ひしぶりだね、オリヴィエ。うん、お金の無駄遣いはしてないよ」

店主のオリヴィエは会って早々に、畳みかける勢いで毒舌を吐いてくる。

さすがは各国にいくつもある支店を経営するリックベル商店の長。このくらいの図太さがなければ、やっていけないのかもしれない。

「オリヴィエは、すごいね」

「なんですか、急に。そんな陳腐なお世辞で、負けませんよ」

どんだけ疑い深いんだ、この人。値切りは商売の敵とばかりに、睨みつけてくる。

「違うよ。私はただ、ひとりでたくさんお店を経営してるから、すごいなって思っただけ。最終的に大きなスーパーとか、ショッピングモールを作るとか、なにか目標はあるの？」

「その、スーパー、しょっぴ……なんとかっていうのはなんです？」

あ、異世界にはないんだ。スーパーとショッピングモール。

うっかり口を滑らした私は、引くに引けず説明することにした。

「スーパーは食品から日用雑貨まで揃ってるお店で、ショッピングモールはそれにプラス洋服屋とか、映画館とか娯楽施設がついてるの」

「えい、が……かん、とは？」

「うーんと、演劇が見られる場所、かな」

実際は映画が見られる場所なのだけれど、ここにはテレビもないし、きっと映像とか言っても通じないだろう。私に語彙力があればよかったのだが、これが精一杯だ。

「へえ……買い物ついでに演劇も見られる。客足が伸びそうです。あなたの妄想にしては興味深い話ですね。他にはどんなことが思いつきますか？」

妄想じゃないんだけどな。

オリヴィエに自分の世界にあるお店やテーマパークの話をすると、目の色を変えて食いついてくる。

「何店舗も店を出し、利益を得ても僕の飢えが満たされることはありません。成功にも達成感が得られなくなってきていたところでした。ですが、あなたの妄想に、ひさびさに商売意欲が駆り立てられましたよ」

「その、飢えって？」

「さあ？　それは僕が知りたいですね」

一瞬、オリヴィエの声が沈んだ気がして、その顔を覗き込むも「それにしても」と話を逸らされてしまった。

「あなたがお弁当屋ですか。料理の腕はそこそこあるようですし、飲食店で移動販売というのも新しい切り込み方です。これは、大儲けの匂いがしますね」

オリヴィエはなにか企むように目を光らせながら、頼んでいたオレンジ色のエプロンとのぼり旗を差し出してくる。

出来栄えを確認すると、お母さんが使っていたものより手作り感はあるが、それもまた温かみが出ていい。私は制服をそっと抱きしめ、改めてオリヴィエのほうに向き直った。

「ありがとう、オリヴィエ！　すっごくかわいい。大事に使わせてもらうね」

「お礼を言っていただく必要はありません。私は代金分の働きをしたまでですから」

淡白な態度をとるオリヴィエだが、わずかに声が震えていて耳も赤い。

実は照れているのかもしれないと思ったら、少しだけ彼への苦手意識が薄らいだ気がした。

　オリヴィエのお店を出て、エドガーの家に帰ろうと町中を歩いていたときだった。

「あれ、雪ちゃんじゃないか！」

　声をかけられて振り向けば、酒場の前で男性が手を振っている。よく見ると、国境付近の駐屯地で知り合った騎士のひとりだった。

「おひさしぶりです」

　私は近寄って頭を下げる。

「一ヶ月ぶりだなあ」

「どうしてここに？」

「国境周辺を見回ってた帰りなんだよ。そうだ、雪ちゃんも一緒に飲もうぜ」

　騎士は背後にある酒場を親指で差す。

「えっ、いや、私は飲めな――」

「なんだあ、そりゃあ。下戸ってことか？　なあに、心配いらないって。すでに下戸なのに酔い潰れてる男がいるからな」

　なにが心配いらないのかが、わからない。

私は「未成年なので！」と、なおも食い下がる。だが、騎士は少し酔っているのだろう。軽い調子で、私の肩を抱く。

「みせい、ねん？　なんだ、酒を飲めなくなる病気かなんかか？」

「違います！　お酒は二十歳からって、法律で決まってないんですか？」

「なに言ってるんだよ、雪ちゃん。酒は飲んでこそ、強くなるってもんだろ？　酒で潰れるなんざ、みっともないからな。だいたいの男は、十代のときから飲んでるぞ」

陽気に教えてくれた騎士の言葉で理解する。異世界では飲酒に年齢制限はないらしい。だからといって、私まで飲むわけには……。

「早く行こうぜ。皆、雪ちゃんに会いたがってる」

「あっ、待って！」

私の制止も空しく、引きずられるようにして酒場の階段を下りていくと、レンガ造りの壁に囲まれた空間に出た。

木製のテーブルに酒樽の椅子が乱雑に並んでいて、大勢の酔っ払いが騒いでいる。

「ささっ、こっちこっち」

騎士に案内されたテーブルには、男がひとり突っ伏していた。その深緑の髪に、見覚えがある。

「まさか、バルドさん？」

「んんっ……この声は……雪、か……」

気怠げに上半身を起こした彼は顔が赤く、完全に目が据わっている。

「お待たせいたしましたー」

そこへ女性店員がやってきた。テーブルに木製のジョッキを置き、「ご注文、お間違いないですか？」とバルドさんを見る。その瞬間、店員の表情が凍りついた。唇をわなわなと震わせて後ずさり、勢いよくこちらに背を向けると店の奥へ消えていく。

なんだったの、今の。

私が呆気にとられていると、一部始終を目撃したらしい他の騎士たちが一斉に吹き出した。

「また怖がられてんな」

「団長は目つきが悪い上に、傷痕が余計におっかねえからな」

「軍服と鎧を着てなけりゃ、ならず者と間違われる！」

騎士たちは遠慮なく上司をからかっている。

どっと沸く笑い声に交じって、隣からため息が聞こえた。仲間からならず者呼ばわりされた彼は、哀愁漂う背中を丸めてジョッキを引き寄せる。

「町の子供に泣かれたこともある。俺の見てくれは魔物かなにかに見えるのだろうな。目が合っただけで悲鳴をあげられ、道を歩くだけで誰もが恐怖に慄いた顔で避けていく始末だ」

やけ酒とばかりに、バルドさんはジョッキを勢いよく傾ける。

私は助けを求めるように騎士の皆を見たのだが、誰も止める気はないらしい。むしろ「もっと飲めー!」と煽り、この状況を楽しんでいる。

もはや彼らは頼れない。そう悟った私は、バルドさんにとことん付き合うつもりで隣に座った。手近にあったジョッキを手に取り、彼のジョッキにも軽く当てる。

「乾杯」

「あ、ああ」

「で、バルドさん、なんでやけ酒を?」

本当には飲めないので、形だけ飲むふりをして尋ねる。

すると、あまり触れられたくないことだったのか、バルドさんはぎこちなく「ああ、いや……」と言いながら、何回もジョッキに口をつける。それを何度か繰り返して、ようやく気持ちが落ち着いたのだろう。

「実は、自分の行く末について悩んでいた」

ぽつりと、本音をこぼしはじめる。

「俺はもともと、ローレンツ伯爵家の嫡男でな。本来であれば家督を継がねばならない。だが、社交界でダンスを踊り、シャンパン片手に、常に相手にどう見られているのかを気にしながら貴族同士で交流を図る。そういう世界が肌に合わなかった」

バルドさんの視線はテーブルに落ちたまま、動かない。その思いつめたような顔を横目に、私は相槌を挟むことなく耳を傾けた。

「無理を言って弟にローレンツ家を継がせ、騎士の道に進んだ俺を皆は異端児だと軽蔑していた。だから、皆に認めてほしい一心で騎士団長まで上り詰めたんだが……」

バルドさんは自身の右目に、縦に刻まれた傷跡を指先でなぞる。その諦めにも似た瞳が気になった。

「昔負ったこの傷のせいで、利き目だった右目の視力が年々落ちてきている。今はぼんやりとしか、物を見ることが叶わん」

「えっ、全然気付きませんでした……」

「そういう素振りは見せないようにしていたからな。だがいずれ、これまでのように剣を振るうことはできなくなるだろう。そうなれば、陛下にも仲間にも面目が立たない。だから、身の振り方を考えてはいるんだが、伯爵家に戻る自分も想像できん」

つまり、可能なら騎士として生きていきたいけど、最高のパフォーマンスができないくらいなら引退するべきだと考えているということだろうか。

「人生とか、私には難しすぎてわからないんですけど、そんなに急いで今後のことを決めなくてもいいんじゃないですか？」

私も元の世界に帰るうんぬんで悩んでいたとき、エドガーから『納得がいくまで悩んで、答えが出るまでは、少しでも心動かされたことをすればいい』と言われ、今楽しいと思えることをしようと決めた。先のことなんて、未来に行けるわけじゃあるまいし、考えるだけ時間がもったいない。

「大の大人が無職というのも、格好がつかんだろう」

「そんなこと言ったら、私だって学校に行けてないし、職なしニートです。あ、そうだ！　私、これからお弁当屋を開くんです」

「弁当屋？　陛下から王都で開くよう提案されたとき、断っていただろう」

私は、お弁当に興味を持った国王に城へ呼ばれたときのことを思い出す。そういえば、国王の願いを突っぱねておいて、勝手にお弁当屋を開いてもいいのだろうか。

でも、さすがに無理強いはしてこないだろう。お弁当くらいで。

私は一瞬よぎった懸念を頭から追い出した。

「私がやりたいのは移動型販売です。ランチワゴンっていう乗り物で全国を回りながら、お弁当を売るんです。そこで用心棒兼、店員として働いてくれませんか⁉」

旅の道中、なにがあるかわからない。エドガーは発明担当であって、戦力としてはちょっと……いや、かなり期待できない。なにかあったら十中八九、私の背に隠れる。頼みの綱は目の前のバルドさんだ。優秀な人材が絶賛職探し中。こんなおいしいチャンス、逃す手はない！

私はバンッとテーブルを叩いて立ち上がる。

「バルドさんなら大歓迎です！」

「俺が弁当屋を？　料理は得意ではないんだが……」

「大丈夫です！　やってたらいつかは覚えます」

「やってたら、か。何事も鍛錬、剣術と同じだな」

剣術のほうが難しいと思うけど、本人が少しやる気になっているので、なにも言わないことにする。

「いろんな人に出会って、いろんな世界を見て、そこでおいしいものを食べて……。楽しそうじゃないですか？　バルドさんも行きましょうよ！」

皆と旅をしながらお弁当屋を開くなんて、わくわくする。心を躍らせながら返答を待っていると、バルドさんは考えるように視線を宙に投げ、ふっと口元を緩める。

「旅、か……そういえば騎士団に勤めてから、ひさしく戦の遠征以外で遠出をしていなかったな。うむ、考えておく」

返事はもらえなかったが、前向きに検討してくれそうだ。手応えはあったので、あとは待つしかない。出発日までに、彼が来るのを――。

＊　＊　＊

エドガーの家に居候すること一ヶ月半、ついに念願のランチワゴンが完成した。

外装はオレンジ色とベージュの縦縞模様が入っており、赤色の軒先テントにはニコニコ弁当のシンボルであるニコちゃんマークがついている。

中を覗けば広々としたキッチンがあり、私が頼んでいたコンロと冷蔵庫、ポットまであった。

テーブルや椅子、看板なども載せられるようにするためか、エドガーの発明したランチワゴンは日本にあるものより大きい。

「か、かわいい！　エドガー、これをひとりで作っちゃうなんて本当にすごいよ！」

「オートモービルの原理を使ったんだよ。いろいろ設備をつけたら大きくなっちゃって、原動機をいくつもつけたから重量もある。実際に走らせてみて、もっと改良していかないと」

照れくさそうに後頭部に手を当てながら、エドガーはずり下がった眼鏡の位置を直して控えめに笑う。

私は嬉しさのあまり、思わず彼の手を握って飛び跳ねてしまう。

「本当にありがとう！　ランチワゴンだけじゃなくて、私の背中を押してくれたことも、全部ぜんぶありがとう！」

「れ、礼を言うのは俺のほう」

私に握られた手をちらちらと見つつ、エドガーは静かに語りだす。

「俺、親の仕事を継ぐよりも発明家として生きていきたくて家を飛び出したんだけど、自分の発明が誰かの役に立ったことってなかったんだ。でも……」

私を見て目を細めるエドガーに、早鐘を打つ鼓動。エドガーの碧眼がいっそう澄んでいく気がして吸い込まれそうだと思っていると、決意を感じさせる強い一声が耳に届く。

「雪といたら、自分の技術を生かせるかもしれない。ガラクタなままで終わらせたくないんだ、俺の発明を。だから、きみの旅に俺も一緒に連れていってほしい」

「エドガー、なに言ってるの？」

「え？」

「私は初めから、一緒に行くつもりだったよ？　だって、ニコニコ弁当屋はエドガーと作ったみたいなものだもん。エドガーがいないなんて、意味ないよ！　今さら『いってらっしゃい』なんて送り出されたら、つれないにもほどがある！」

ランチワゴンの設計図を作ったときから、私が勝手に勘違いしていたのだろうけれど、エドガーありきの旅だと思って準備を進めていた。

「ひとりで異世界を旅するなんて心細いし、エドガーも一緒だよ？　絶対に楽しい旅になるはずだから！」

「うん、俺もそう思う」

私がエドガーと握手を交わしていると、近くで土を踏む音がした。

エドガーと同時に振り向けば、バルドさんが片手を上げながら近づいてくる。

「この間の返事をしに来た」

それがなにを意味するのかは、すぐにわかった。

酒場で旅に誘ったときの答えをくれるのだろう。

私は大きな荷物を肩に担ぎ、目の前に立つ彼に向き合う。

「陛下から無期限の休暇を頂戴した。騎士団は俺がいなくても十分に動ける者ばかりだ。身辺整理も済んだからな、これで心置きなく旅立てる」

「じゃあ、バルドさんも旅に参加ですね！」

「ああ、身の振り方は決まっていないが、今は雪についていくほうが面白そうだと感じた。用心棒兼店員として、しっかり働かせてもらおう」

「はい！ よろしくお願いします」

これで、旅の仲間はロキを含めて三人。にぎやかになりそうだと思っていると、馬の嘶《いなな》きが聞こえた。一台の幌馬車がエドガーの家の前に停まり、御者席からオリヴィエが降りてくる。

「ああ、まだいましたか。無駄足にならなかったようで、なによりです」

オリヴィエは仕立てのよさそうなベストの埃を軽く払う仕草をして、こちらにやってきた。そして、「これがランチワゴンですか」と値踏みするようにランチワゴンを観察したあと、私たちの顔を見回す。

「見知った顔ぶれですね。その旅、僕も参加したいのですが」

「え、オリヴィエが⁉ リックベル商店はいいの？」

まさか、彼が参加を申し出てくるとは思っていなかった。私が驚きながらも尋ねると、オリヴィエは愚問だと言いたげな顔をする。

「ええ、従業員は余るほどいますし、問題ありませんよ。それに、前にも話したでしょう。店を出して繁盛させる。そのルーティンに飽きていたところだと。あなたについて行けば、新しい商売の切り口が得られそうですからね。その見返りと言ってはなんですが、これは僕から献上品です」

オリヴィエは身を翻して幌馬車に戻っていく。そのあとをついていくと、オリヴィエは顎をしゃくって中を見るよう促してくる。

幌馬車にはさまざまな種類の食材が大量に積まれていた。

「こんなにたくさん、いいの⁉」

私は興奮してオリヴィエの両腕を掴み、揺する。

オリヴィエは呆れ顔でやんわりと私の手を振り解くと、ベストの裾を軽く引っ張って身なりを整えた。

それからコホンッと咳払いをして、そっぽを向いてしまう。

「よくなければ、初めから持ってきたりしませんよ。見せびらかすだけ見せびらかして、あとはお預けなんて鬼畜な真似はしません」

「ありがとう！　すぐにでも旅に出られるね！」

私はこれからはじまる旅に胸を高鳴らせながら、食材をランチワゴンの冷蔵庫にしまっていく。

そんな準備すら楽しんでいると、エドガーの家からロキが出てきた。

「雪、エドガー、ランチワゴンもいいけど、そろそろ休憩にしたら……って、ずいぶんとにぎやかになってるわね」

あらたに増えたふたりの存在に気付いたロキは、苦笑いしながらそばにやってくる。

私は大事な確認をするべく、緊張しながら隣に立ったロキを見下ろした。

「ロキ、皆で旅をすることになったの。ロキもついてきてくれる？」

「そうね、雪たちだけじゃちょっと心配だし、付き合うわ」

「ロキ……！」

私はたまらずその場にしゃがみ込み、ロキを抱きしめる。

そんな私たちをエドガーとバルドさんは温かい眼差しで見守っており、オリヴィエは「また変なウサギと一緒ですか」と迷惑そうな顔をしていた。

個性豊かな面々を見回して、私は感慨深い気持ちで再びランチワゴンを振り返る。

「私もお母さんみたいに、毎日を必死に生き抜いている人たちを笑顔にするために、ニコニコ弁当を届けるんだ。もちろん、旅する私たちも楽しみながらね！」

「その、ニコニコ弁当って？」

ランチワゴンを眺めている私の隣に、エドガーが並んで尋ねてくる。

「あ、話してなかったっけ。お店の名前はずばり、ニコニコ弁当！」

自信満々に宣言すると、オリヴィエはげんなりした顔で「ネーミングセンスに問題あり！」と却下してくる。自分で作った油に『オリヴィエスペシャル』なんて名前を付けた人には、言われたくない。

でも、他の皆は「元気印の雪らしい」と賛成してくれた。私はまだ「品がない、パンチが効いてない、ダサい」と、ぶーぶー不満をこぼしているオリヴィエを無視して、ランチワゴンの中から制服を取り出す。

「じゃじゃーんっ、これニコニコ弁当屋の制服です！」

私は白のフリルがついたヘッドドレスとニコちゃんマークが入ったオレンジのエプロンを服の上から身に着けて、くるりと回ってみせる。

「多めに作っておいてよかった！　はい、皆の分」

私は皆にもエプロンを配る。

もちろん、ロキがつけられるように小さなサイズのものも用意した。エドガーもだが、ふたりと離れることは少しも考えていなかったので、勝手に手配したものだ。

「このマークは、俺には不釣り合いではないだろうか」

バルドさんは、困惑気味にエプロンのニコちゃんマークを自分の顔に近づける。そのアンバランス感が、なんというか……。

「かわいい！　ギャップ萌えですよ、グッジョブ」

親指を立てて、何度も頷いてみせる。ニコちゃんマークが人相の悪さを、むしろトレードマークにしてくれている。

「かわ……いい？　若者の考えることはわからんな。それから、ギャップもえ？とはなんだ？」

「普段のイメージとは違う一面に、キュンな感じです」

首を捻るバルドさんにそう説明していると、背後からぶつぶつとなにかが聞こえた。振り返れば、オリヴィエがこの世の終わりみたいな顔でエプロンを握りしめ、小刻みに震えている。

「信じられません。僕がこんな子供みたいなニコちゃんマークをつけるだなんて……。今からデザインしなおすしか……」

「雪、出発はいつにするの？」

エドガーが制服のエプロンを身に着けてやってきた。私はロキの頭にヘッドドレスをつけて、「すぐにでも!」と食い気味に答える。

エドガーは目を丸くし、一拍置いて「了解」とだけ返事をすると家の戸締まりをはじめた。その横顔が嬉しそうだったのは、きっと見間違いじゃないだろう。

旅立つ準備には、そう時間はかからなかった。持っていく荷物はさほどない。着替えとお母さんのレシピ本くらいだ。オリヴィエの幌馬車は、あとでリックベル商店の人が取りに来てくれるらしく、私たちは心置きなくランチワゴンに乗り込む。

運転席にいるエドガーがエンジンをかけた。小刻みに揺れる車内に比例して、鼓動が早まる。

「出発進行!」

エドガーがアクセルを踏んだ。ゆっくりと前進するランチワゴンに、自然と心が浮き立つ。

行き先は決まってない。ただ気持ちの赴くまま、勢いのままに、私たちは旅へと出るのだった。

Menu2　盗賊メシは『肉巻き』弁当

整備されていない森の道をランチワゴンは進んでいた。

私たちは行き先を決めていなかったので、とりあえずパンターニュ王国を出ようと国境に向かっている。ただ、そこから先の予定は未定だった。

助手席にいた私は、後部座席にいるバルドさんとオリヴィエを振り向く。

「最初の目的地は、どこがいいかな？」

オリヴィエは鞄から大きな地図を取り出して開くと、少しだけ考えるように黙り込み、すぐに閃いた顔をする。

「カイエンスはどうですか？　あそこは南国で、すぐそばに海があるので新鮮な魚介類が手に入ります。港の近くには漁師も船乗りも大勢いますし、お弁当を売るのに最適では？」

「漁師は体力勝負。きっとよく食べるはずよ。お弁当、作り甲斐があるわね、雪」

私の膝の上に座っているロキが、両の拳を握る。

「あと、海の幸がおいしそう。まずは腹ごしらえ……じゃなかった。偵察しないとだよね。その国の人がどんな食べ物が好きなのか、リサーチが必要だと思うし」

慌てて言い直すが、耳ざといオリヴィエはすかさず疑いの眼差しを向けてくる。

「なんですか、そのとってつけたような言い訳は。まったく、あなたの食いしん坊は目に余ります。仕入れた食材まで食べ尽くしてしまいそうですし。エドガー!」

「な、なに」

エドガーはびくりと肩を震わせ、ハンドルを強く握る。出会った当初と比べれば、挙動不審さは抜けた気がするが、いきなり話しかけられると、まだ緊張するようだ。

「あの冷蔵庫?でしたか。鍵をつける必要があります。あなたは発明家なのでしょう? 早々に作って取り付けてください」

「そこまで、食欲無限じゃないよ!」

反論する私の横で、エドガーは我関せずとばかりに進行方向だけを見つめている。

騒がしい車内。くだらないやりとりが、ただただ楽しい。

話は脱線したが、私たちはカイエンスに行くことになった。いざ目的地が決まったところで、パスンッと嫌な音がする。

その瞬間、車内が大きく揺れた。私はとっさに、ロキが飛んでいかないように抱きかかえる。

「な、なんです⁉」

オリヴィエの悲鳴が車内に響き、ランチワゴンがつんのめるような形で止まる。

心臓がばくばくと大きな音を立てる中、何事かと運転席を見るとエドガーはこちらに手を伸ばして、私の頭を上から押さえた。

「頭を低くして、静かにするんだ」

緊迫した空気を肌で感じた私は、声を潜める彼にとりあえず頷いて従う。

すると、後部座席から声が聞こえる。

「十、いや十五人はいるな。車輪はどうやら、このランチワゴンを取り囲んでいる盗賊たちに矢で射られたようだ」

「はあ⁉　先に言っておきますと、僕は戦えませんからね。ここは盗賊よりも極悪人面のバルドがちゃちゃっと片付けてきてください」

さらっと人の傷を抉《えぐ》るような発言をしたオリヴィエに、バルドさんは渋い顔をしたけれど大剣を手にとった。

そのとき、外から男の声が聞こえてくる。

「そこから出てきな、抵抗はするなよ？　命が惜しければな」

私たちはこの場で最善の判断ができるだろう、うちの用心棒を見た。

「やむを得んな、今は従おう」

それに従って私はロキをランチワゴンに残し、外に出る。

真っ正面にある高い木の上に、どうやってそこまで登ったのか、男がしゃがみ込んでいた。二十代前半くらいだろうか。褐色の肌に、燃えるような赤い髪と瞳。風貌はどこか野性的だ。

胸元あたりまでしかない黒のタンクトップ。その上から深緑のマントを羽織り、下は茶色のサルエルパンツのようなものを穿いている。

腰には髪色と同じ赤色の帯が巻かれていて、男は手甲《てこう》から伸びた鉤爪《かぎづめ》をぺろりと舐めると片側の口端を吊り上げた。

「よう、俺はランディ・リアブロッド。『森の狩人』の頭領だ」

「森の狩人……この辺りで通行人から金目のものを奪い取っている盗賊だな」

バルドさんは森の狩人のことを知っているようだった。

さほど驚いた様子もなく、私たちを囲むように弓を構えている盗賊たちを睨む。

「あいにく、お前たちに渡すものなど、なにも持ち合わせていない」

「そんなに強気に出ちゃっていいのかよ？　あんた、どういう状況かわかってる？　あんたひとりなら無事でいられるかもしれねえが、そのうしろにいるお仲間さんたちは俺の合図ひとつで蜂の巣だぜ？」

ランディと名乗った盗賊の男は、私たちをちらりと見て舌なめずりをする。

だが、ニコニコ弁当屋の用心棒は、国を背負って戦っていた騎士団長なのだ。怯むことなく、私たちを背に庇うようにして前に出ると大剣を構える。

「俺の背から出るな」

前を見据えたまま、私たちにそう声をかけるバルドさんを頼もしく思っていると、木の上にいたランディが片手を挙げる。静寂に包まれる森。風が草木を揺らす音さえ、敏感に耳が拾う。

そのときは、すぐにやってきた。

「遊んでやれ」

ランディが挙げていた手を倒した瞬間、弓を引き絞っていた盗賊たちが一斉に矢を放つ。

バルドさんは大きく地面に一歩を踏み出すと大剣を円を描くように横に薙ぎ、矢をすべて叩き斬った。

額に手をかざしてそれを眺めていたランディは、ひゅうっと口笛を吹いてから「お見事」と拍手をする。

盗賊たちは矢が当たらないとわかった途端、短剣を構えてこちらに駆けてきた。

「ちょ、ちょっと、どうするんです⁉ こっちに来ますよ！」

顔を真っ青にして叫んでいるオリヴィエを、バルドさんが小脇に抱えた。

「黙れ、舌を噛むぞ」

「は？ え、ぎゃあああああああっ」

言葉少なに忠告して、迷わず敵陣に突っ込んでいく騎士団長。目に涙を浮かべたオリヴィエを抱えたまま、剣を振るう。

そのたびに、悲鳴が森の中にこだました。

「あ、あれはかわいそうすぎる」

オリヴィエを不憫に思っていたとき、ふいに腰に腕が回る。

耳元で「雪！」と切羽詰まった声で呼ばれ、強い力で引き寄せられた。その刹那、眼前を銀の閃光が横切った。

「――ひっ、い、今の……今のって、剣？」

身体を震わせながら動けないでいると、私を抱きしめる腕に力がこもるのがわかり、振り返る。

私を助けてくれたのは、いつもの頼りなさげな顔が嘘みたいに、敵を鋭く見据えるエドガーだった。

私たちの周りを盗賊たちが包囲し、バルドさんに助けを求めようにも距離がある。

「エ、エドガー……」

私は彼の白衣を握りしめる。

このまま盗賊に殺されてしまうのかと目を強く瞑ったとき、真っ暗な視界の中で
「大丈夫」と優しいささやきが降ってきた。

目を開けると、エドガーは白衣をめくって腰のホルスターから銀の銃を抜く。

じゅ、銃？　いつもびくびくしてて工具以外持ったことがないエドガーが、銃⁉

護身用だろうか。でも、相手はプロだ。こっちが銃に慣れていないことくらい、すぐに気付くだろう。

私の心配をよそに、エドガーは銃口を盗賊たちに向けてすっと目を細める。

「これ、俺が発明した銃なんだ。空気を圧縮して打ち出すから、当たっても死なないけど、気絶するくらいの威力はある」

銃がキュイーンと謎の機械音を放ち、ホルムの側面にあるラインが青色に点滅する。

盗賊たちは得体の知れない武器を前に「あれはなんだ⁉」と恐れ戦き後ずさった。

「おいおい、怯むんじゃねえよ」

軽やかな身のこなしで、一回転しながら木の上から降りてきたランディが素早く距離を詰めてきた。そのまま大きく飛び跳ね、私たちに向かって鉤爪を振りかざす。

――斬られる！

それがわかっていてもなす術《すべ》がない私の代わりに、エドガーは引き金を引いた。

パアンッと銃声が鳴り、ランディは肩を撃たれ、うしろに吹き飛ぶ。だが、すぐに体勢を整えて、不敵な笑みを浮かべながら裂くように鉤爪を振るう。

「――くっ」

エドガーは銃についていたボタンを押した。ホルムの側面にあるラインが今度は赤色に点滅し、銃は剣に形を変える。

「悪いけど、雪を傷つけさせるわけにはいかないんだ」

エドガーは剣でランディの鉤爪を勢いよく弾き、私を抱えたままうしろに飛び退いた。

その技はあきらかに戦い慣れた人のもので、ニコニコお弁当屋の面々は呆然とエドガーを見つめている。

「見かけによらず、手練れとはなあ。こっちの頭数も、そこの大男にずいぶん減らされちまったし、ここは分が悪いか。もうちょい遊んでやりたかったんだけどなあ、潮時だ。退散してやんよ」

ランディはひらひらと手を振りながら、仲間を引き連れてあっさりと去っていく。

その場に残された私たちはエドガーのもとへ集まっていた。

ありえない。あの発明オタクで引きこもりのエドガーが、バリバリの戦力だったなんて。たぶん、いや確実に。私の心の声は、皆と同じはず。

問い詰めるようにエドガーを見ると、ばつが悪そうな顔をされる。それどころか、

「あー……ははは、は」と笑ってごまかそうとした。だが、皆の視線に耐えられなくなったのか、咳払いをすると姿勢を正した。

「戦いには、まあまあ縁があって……」

「エドガーは銃と剣の心得があるのか？」

騎士団長のバルドさんの目は欺けない。静かな追及に「うっ」とうめきながらも、エドガーは観念した様子で答える。

「じゅ、銃は独学で習得したんだ。剣術は……その、習ったことがあって」

「どこでです？」

間髪入れずにオリヴィエが尋ねる。

エドガーは「それは……」と歯切れ悪く言葉を濁した。

はっきりしないエドガーの態度にオルヴィエは苛立ったのか、眉をぴくりと動かして一喝する。

「きちんとした答えがなにも返ってこないじゃありませんかっ。あなたはいったい何者なんです⁉」

「ご、ごめん」

年下に説教されて縮こまっているエドガーを見かねて、私はおずおずと口を挟む。

「誰だって言えないことのひとつやふたつあるんだし、そんなに厳しく追及しなくても……」

エドガーを庇うと、オリヴィエがずんずんと私の前まで歩いてきた。今のフォローは火に油だったかもしれない。それに気付いたときにはもう、ご立腹のオリヴィエの顔が鼻先にあった。

「あなたもあなたです。これから一緒に行動する人間の素性がわからないまま、雇ったんですか？　危機管理能力がなさすぎです！」

「や、雇ったというか、エドガーは私の旅の仲間だから。それにね、エドガーっておどおどしてるし、挙動が怪しいけど、優しい人だよ！」

「おどおど、挙動が怪しい……」

力説している私の横で、ときどきエドガーの沈んだ呟きが聞こえたような気がしたけれど、空耳だったことにする。

どうしたって、怪しいことには変わりないのだ。

でも、エドガーは悪人ではない。悪人ならばこの世界のことをよく知らない人間は、格好の餌だ。国王から謝礼金をたんまりもらっていた私から金品を盗もうとしたり、家に連れ込んだのをいいことに強姦したり、いくらでもできただろう。でも、私は今日までなにもされていない。それが証明だ。

だからどうにか、誤解を解きたかった。

「お人好しもここまでくると病気ですね。バルド、あなたはどうなんです？ このま、エドガーを連れて旅をしてもいいと思っていますか？」

私と議論しても埒が明かないと考えたのか、オリヴィエは年長者の彼に話を振る。

「旅をしていれば、盗賊のようなならず者に出くわすこともあるだろう。素性がどうであれ、戦力が増えるなら俺は構わん」

エドガー個人というよりは戦力という意味で必要としているらしいバルドさんの答えを聞いて、私はてっきりまたオリヴィエが呆れるか、怒るかすると思っていた。

だが、予想外なことに彼は腑に落ちたような顔をする。

「なるほど、エドガーとバルドは戦力、僕はニコニコ弁当屋がきちんと軌道に乗るように支援、雪はお弁当を作る。各々が自分の役割さえ果たしていればいいというわけですね。利害の一致というやつですか」

「俺たちは出会って間もない。なんでも話せるほど親睦を深めたわけでもないだろう。当面は個人的なことに踏み込むのを控えるのはどうだ」

バルドさんの言う通りだ。私たちはまだ、旅をはじめたばかり。お互いのことを知る機会はいくらでもある。

「あ、あのっ、助けてください！」

そのとき突然、どこからか男の子の声が聞こえてきた。私たちは一斉に振り向く。すると、木の陰から十歳くらいの男の子が怖気きった顔つきでこちらに歩いてきた。

「お兄さんたち、あの盗賊を倒してましたよね？　僕、この辺で薬草を摘んでて、さっきの盗賊たちにお母さんの形見の指輪、取られちゃって……」

語尾は涙に湿っていて、私は慌てて男の子の前にしゃがみ込む。

「じゃあ、指輪を取り返しにひとりでここに戻ってきたの？」

男の子は泣きながらひっくと嗚咽をもらして大きく頷く。

我慢できずにエドガーたちを振り返れば、真っ先にオリヴィエは「まさか……」とげんなりした顔をした。

「人助けしに来たんですか、あなたは。違いますよね、お弁当屋を開くんではなかったんですか？」

「でも、こんなふうに頼ってきたこの子をほってはおけないよ」

「偽善も大概にしてください。第一、指輪を奪われたのは、その少年の自業自得では？　森に盗賊がいるのは、さほど珍しいことではありません。少し頭を使えば、危機回避できたはずです」

それはそうだけど……。なら、ここでこの子を見捨てていけとオリヴィエは言うのだろうか。彼の意見を理解できても、『はい、そうですか』と割り切ることはできず、私は口を開く。

「私も……お母さんの形見のレシピ本が盗まれちゃったら、たぶんこの子と同じことをしたと思う」

たしかに自分の迂闊な行動が招いた結果かもしれないけれど、だからと言って『自業自得だから仕方ない』だなんて簡単に納得できない。

「あのレシピ本に触わってると、お母さんがまだそばにいてくれているような気がする。この子にとっても、同じだと思うんだ」

「その感覚は孤児院育ちの僕には理解できませんね」

さらりとこぼれたオリヴィエの言葉に、私は耳を疑った。

そんな生い立ちを感じさせないほど、私の目にはオリヴィエが自信に満ちあふれた強い人のように見えていたから。

「生き抜くためには大人たちに気に入られる必要がありましたので、媚びを売ったり不利な状況に陥らないよう立ち回ったり、常に頭を働かせてきました。ですから、自業自得だな、以外の感情がわいてこないんです。肉親に対する愛情にどれほどの価値があるのか、僕にはわかりません」

私だけでなく、他の皆も口を挟めないようだった。オリヴィエの声だけが、寂しく響いている。

さっきは男の子を見捨てようとしたオリヴィエを酷いと思ってしまったけれど、彼には頼れる人がいなかったのだ。

だから、自分の危機管理不足が招いた問題を平然と他人を頼って解決しようとする男の子の行動が浅はかに映ってしまうのかもしれない。

少しだけ彼の考えが理解できた私は、静かに立ち上がる。

「オリヴィエ、オリヴィエは商売で成功しても飢えが満たされることはないって言ってたよね。その飢えがなんなのかはわからないって」

「ええ、商売もはじめた頃はそれなりに楽しかったのですが、最近は大金を稼いでもとくになにも感じなくなりましたね」

何事も初めは新鮮で楽しい。だが、やりすぎれば慣れて飽きる。オリヴィエにはもっと新しい〝楽しいこと〟が必要なのではないか。

根拠もなくそんなふうに思って、私はオリヴィエに向き合う。

「いつも通らない道を通ったり、いつもならしないことをすると新しい発見があるって言うでしょ？　この子に会ったのもなにかの縁だし、柄になく人助けとかしてみちゃったら、商売の次に楽しいことが見つかるかも……なんて」

能天気で楽観主義、罵られる覚悟はできている。いつでもこい、と身構えつつ答えを待っていると、オリヴィエはため息をついた。

「そうですね、それも一理あるかもしれません」

「え？　一理、あるかもしれません？」

「なんで聞き返すんですか。耳が遠いんですか？　でしたら、エドガーに新しい耳でも作ってもらうことをおススメしますよ」

相変わらずの毒舌で忘れそうになるが、一緒に来てくれる気になったようだ。

私たちの間にあった緊張の糸が緩んだとき、ランチワゴンから「ここから出してくれない？　扉が開けられないのよ」という声が聞こえてきた。

皆の視線がランチワゴンに集まる。窓に助けてとばかりにロキが張り付いていて、ガラスは鼻息で真っ白だ。

「ごめんね、ロキ」

一気にいろんなことが起こったせいで、今の今まで彼女の存在を忘れていた。

ロキをランチワゴンから降ろしたあと、いざというときに逃げられるよう、エドガーには念入りに穴が開いたタイヤを修理してもらい、私たちは男の子から聞いた盗賊の住処へと向かった。

賊巣は生い茂る森の奥深くにあった。

幹がしっかりとした木々の間にツリーハウスのようなものがいくつも密集して建てられていて、ひとつの村のようになっている。

到着するや否や盗賊たちに囲まれた私たちは、頭領であるランディの前に連れていかれた。

「それで？　わざわざ盗賊の住処まで訪ねてきた珍客さんよお。用件はなんだ？」

来て早々に刃を向けられるかもしれないと考えていたのだが、意外にもランディが話を聞く姿勢を見せた。

私は拍子抜けしつつ、一歩前に出る。

すると、「雪」と名前を呼ばれるのと同時に、うしろから腕を掴まれた。

振り返った先には、心配そうに私を見ているエドガー。私は安心させるようにひとつ頷いてみせると、再びランディをまっすぐに見据える。

「あなたたちに、お母さんの形見の指輪を取られてしまったっていう男の子がいるんです。それを返してもらえないでしょうか」

正直に用件を伝えたら、私をバカにするように成り行きを見守っていた盗賊たちから笑いが巻き起こった。

その中でランディは楽しげに舌なめずりをして、私に近づいてくる。

とっさにエドガーとバルドさんが前に出ようとしたのだが、ランディは射抜くような視線をふたりに向ける。

「動くなよ。俺は取引の最中に茶々を入れられんのが、一番腹が立つんだ」

それにエドガーたちは視線を交わし、ぐっと堪えるように引き下がる。

ランディは彼らの横を通る間際、バカにするように鼻を鳴らした。悔しげに成り行きを見守るエドガーたちを横目に、私の目の前までやってくる。そのまま舐めるように私の頭のてっぺんから足の先まで眺めたあと、「風変わりな女だなあ」とこぼした。

どういう意味で言ったのかはわからないが、褒められていないことだけはわかる。

むっとした私の顔を見て、ランディはくっと喉の奥で笑った。それから私の顎を掴み、持ち上げてくる。

「俺たちは欲しけりゃ奪う。勝ち取ったものは持ち主が誰であろうと、俺たちの所有物だ。さあ、俺が指輪をあんたらに返したとして、代わりになにを差し出す？　お前の身体か？」

ランディの手が私の身体の線をなぞるように脇の下から腰へと滑り落ちていき、ぞわぞわっと悪寒がした。

「は、離して！」

「離してもいいが、指輪は返ってこねえぞ」

嫌がる私の反応をにやにやしながら観察しているランディ。

指輪のことを持ち出されると抵抗できず、悔しくて泣きそうになったとき、うしろから誰かに腰を強く引き寄せられる。

それと同時にカチリと金属音がして、ランディのこめかみに銃口があてがわれた。

「取引が成立する前に彼女に触れるのは、フェアじゃないと思うけど」

普段からは想像もできないほどはっきりとした言葉。それは人を圧倒する力をまとっているかのように、この場の空気を支配している。振り返らずともわかる。この声の主は――。

「エドガー……」

助かった、そう思ったら安堵で目の端から涙がぽろりとこぼれ落ちる。

それに気付いたエドガーは、いっそう私を懐深くに隠すように引き寄せて「もう大丈夫だ」と言ってくれた。その強い言葉に安堵したとき――。

「うちの雪になんてことをしてくれてんのよ！」

怒鳴り声が響き渡った。

エドガーの腕の中からうしろを振り向けば、オリヴィエの足元に立っていたロキがこちらに走ってきて、勢いよく飛び跳ねる。そのままランディの顔面に張り付いた。

ランディはぐふっとうめき、周りにいた盗賊たちは「ウサギが喋った⁉」と悲鳴をあげている。

辺りが騒然としはじめると、ランディはロキの首根っこを掴んで自分の顔から引き剥がした。

「喋るウサギなんて、面白いじゃねえか。よし、これで手を打ってやるよ」

ランディはロキを持ち上げながら、満足げに踵を返そうとする。

手を打ってやるって、ロキを引き渡せってこと⁉

ロキが連れ去られていくのを見て、私は慌ててエドガーの腕の中から飛び出すと、ランディの腕にしがみつく。

「そ、それだけは絶対にダメ！」

「じゃあ、お前が俺のもんになんのか？」

「そ、それもダメ！」

「なんだよ、ダメばっかじゃねえか」

ランディは、あきらかにイライラしている。このままではロキの身が危険だ。

私は知恵をふり絞った結果、もうこれしかないと提案する。

「なら、お弁当！　この世界の携帯食みたいなものなんですけど、私のお弁当を代わりに差し出すっていうのはどうでしょうか？　う、腕には自信があります」

なんとなく想像はついていたけれど、ランディは雷にでも打たれたかのように微動だにせず、「……は？」とだけこぼした。

こうして私たちは、盗賊たちにお弁当を作ることになった。ランチワゴンを盗賊の村の中央に停め、看板を出すと制服のエプロンを身に着ける。

その間、こちらの様子を窺っている盗賊たちから「お頭《かしら》、正気かよ」「お弁当なんて得体の知れない食いもん、本気で食うつもりか？」と戸惑いの声が聞こえてくる。

数分前、ランディは私の提案を『面白そうじゃねえか』のひと言で呑んだ。ただし、おいしくなければ指輪どころか、私もロキもランディのものにならなければならないという条件つきだが。

「この取引は、圧倒的にこちらが不利だ。味に関わらず、向こうがまずいと言えばそれで終わりだからな」

バルドさんの懸念はごもっともだ。

最初から取引であってそうでないような気もするが、ランチワゴンで強行突破するように逃げたとしても、またタイヤをパンクさせられるだけ。

そうなったら、今度こそ取引の余地もなく盗賊のいいようにされてしまう。

当初の目的だった男の子の指輪も取り戻せない。

なら盗賊たちが嘘もつけないほど、おいしいお弁当を作るしかない。

「生きた心地がしないのですが……」

青い顔のオリヴィエは小声でそうこぼすと周囲を見回す。

それもそのはず、私たちは武器を構えた盗賊たちに見張られながらお弁当を作らなければならないのだ。

しかも、ロキは人質とばかりに檻に入れられている。

待っててね、ロキ。絶対に助けるから！

私は心の中で捕らわれているロキに誓い、キッチンの前で深呼吸をする。

ランチワゴンの窓から盗賊たちの姿を確認すれば、所帯を持っている者もいるようで、大人だけでなく子供の姿も見受けられた。

「大人も子供も楽しめて、お腹いっぱいになるようなご飯……そうだ、『肉巻き』弁当にしよう！」

メニューを決めて冷蔵庫から豚バラ肉と卵、チーズといくつか野菜を取り出すと、エドガーが私の隣に立った。

「俺たちはなにをしたらいい？」

「じゃあ、野菜と卵を茹でてくれる？」

今回使う野菜はアスパラガスにニンジン、オクラとジャガイモだ。

私は手早くアスパラガスの硬いところを折って、薄く皮を剥く。

筋が多い野菜なので、これで食べやすくなるはずだ。

続けてニンジンとジャガイモも皮を剥き、縦長に切る。

「エドガー、これを野菜ごとに茹でて」

「オクラは切らなくていいの？」

「うん、オクラは空洞が多いから、切ってから茹でると水っぽくなっちゃうんだ。だから、茹でてから切るんだよ」

エドガーは「へえ」と感心するように言って、沸騰した鍋に野菜を入れていく。

野菜が茹で上がると、手持ち無沙汰にしていたバルドさんにフォークでジャガイモを潰してもらった。

その間に私はオリヴィエと豚バラ肉を三枚、少しずつ重なるように横に並べる。その上に、アスパラやニンジンを載せた。

「オリヴィエ、これを手前からくるくる巻いていって」

「わかりました。こういう細かい作業は得意ですので、任せてください」

オリヴィエは自負した通り、豚バラ肉の重ね方も均等で見た目が美しい肉巻きを作っていた。

「雪、ジャガイモを潰し終えたぞ」

バルドさんがジャガイモを潰したボールを持ってきたので、私はそこに牛乳を大さじ二杯と塩コショウをかける。

「これを混ぜ終えたら、人数分に分けてスライスしたチーズを包むように丸めてください」

「承知した」

私は指示を出しながら、出来上がった肉巻きをフライパンに並べて中火で焼いていく。巻き終わりの部分が下になるようにするのが、崩れないコツだ。

チーズ入りジャガイモとゆで卵、それから野菜。いろんな味が楽しめる肉巻きを、全面に火が通るまで焼いた。

最後に塩コショウで味を調整し、海苔巻き状になった肉巻きを半分に切る。断面から色鮮やかなオレンジ、緑、黄色の具材が顔を出した。

色とりどりの切り目が見えるように肉巻きを立ててお弁当箱の右側に詰め、レタスをしきりにして今度は左側に白米を入れる。

「盗賊メシ、肉巻き弁当出来上がり……ました」

変なもん食わせたら命はないと思え。盗賊たちの鋭い目がそう訴えている。警戒しながらランチワゴンに列を作る盗賊たち。オリヴィエとバルドさんが窓口からお弁当を配っている間、私は遠くで様子を窺っていたランディのところへエドガーと向かう。

「どうぞ、ニコニコ弁当屋の肉巻き弁当です」

ツリーハウスに続く階段の途中に腰かけていたランディに、お弁当を差し出した。

ランディは片手で荒々しくお弁当箱を受け取り、中身を覗き込んで怪訝そうな顔をする。

「初めて見る食べもんだな。いいか、俺の舌に合わなければ、お前もそこのウサギと同じように自由はねえぞ」

念を押されて、ごくりと唾を飲み込む。ランディがフォークでジャガイモの肉巻きを口に運ぶまでの間、胃をぎゅっと絞られるような緊張感に襲われた。

ランディは大きな口で肉巻きにかじりつき、そのまま引きちぎるように顔を離す。肉汁を纏ったチーズがつうっと伸びて、ランディはそれを舌で舐めとると無表情のまま咀嚼した。それからご飯をかき込んで、ごくりと飲み込む。

「味付けは塩コショウだけみてえだが、野菜の味がしてうめえな。卵は……半熟か」

ランディが卵にフォークを刺すと、中からとろりと黄身がたれてくる。

それがこぼれないうちにと頬張ったランディは満足げに何度も頷いた。

「黄身の甘さが豚肉の塩コショウに合うな。どれもメシが進む」

「じゃ、じゃあ……！」

これで解放される⁉

そんな淡い期待を抱いたのは一瞬。

お弁当箱を階段に置いたランディは、座ったまま私の腕を引っ張る。

「わあっ」

前のめりに体勢を崩した私は、ランディの膝の上に倒れ込んだ。

「なにするの！　これで私たちのこと、解放してくれるんじゃないんですか！」

「そのつもりだったんだがなあ、やっぱ欲しくなっちまった。お前、俺の専属食事係になるってのはどうだ？」

「むっ、無理無理！　私は世界を旅して、いろんな国に行くんです！　そこでたくさんの人に、自分の作ったお弁当を食べてもらうんです！」

逃げ出す隙を狙っているのだが、ランディの腕ががっしり腰に回っていて身動きがとれない。

助けを求めるようにうしろを振り向けば、エドガーが頷く。

「きみは雪の食事をうまいと言ったよね。その時点で取引は成立しているはずだよ。彼女とロキ、それから指輪を渡してくれないかな」

「そんな取引、信じてたのかよ？」

「きみたち森の狩人が約束を無下にするような、ただの悪党集団じゃないって、俺は思ってるよ」

おどおどして頼りない彼はどこへやら、悠然たる態度でランディと渡り合う姿に驚く。私はエドガーのすべてを、まだ知らないのかもしれない。

そんなふうに思っていると、ランディが私を解放するように両手を上げる。

「お前、見かけによらず怖え男だなあ」

「俺はただの発明家だよ。盗賊のきみに比べたら、無害で安全」

「発明家、ねえ？　いろんな人間見てっけどよ。さっきの、俺に交渉しかけてきやがったときのお前の面《つら》、ただ者とは思えねえんだけどなあ。こういう野生の勘っての？　俺、当たるほうだぜ？」

意味深な物言いをするランディに返事をすることなく、エドガーは私に視線を移す。

「助けるの、遅くなった」

私は差し出された手を取って立ち上がり、改めてエドガーに「ありがとう」と告げた。

エドガーはくすぐったそうに視線を落として、黙り込む。触れたままの手が熱い気がしたのは、気のせいだろうか。

「私からもお礼を言うわ」

ロキに視線を移せば、ランディが檻を開けてくれたのだろう。私たちの足元にやってきて、エドガーを見上げる。

「命拾いしたわ」

エドガーはたじろぐように目を伏せて「俺は別になにも」と呟くと、片腕でロキを抱き上げた。

「もう対価は払った。指輪を返してもらったら、ここを出よう。人がうじゃうじゃいて、ちょっと吐き気が……してきた」

さっきのエドガー、ちょっとカッコよかったのにな。もう人見知りエドガーに逆戻りだ。

エドガーは私の手を引きながら、どんどん階段を下りていく。一刻も早く逃走したいのだろう。

目の前の縮こまった背中を見つめていたとき、エドガーが急に足を止めた。

「ふがっ」

彼の白衣に顔面がめり込む。

「止まるときは言ってよ〜」

鼻をさすりつつエドガーの背から顔を出すと、盗賊の住処にぞろぞろと老若男女が押し入ってくるのが見えた。

その中には指輪を取り返してほしいと言っていた男の子の姿もある。

「なんだなんだ？」

うしろでランディが立ち上がる気配がした。

ランディは私たちの横をすり抜けて、集団を率いるように立っている年配の男性の前まで歩いていく。

「俺たちは町の自警団だ。子供からも金品を盗むとは、これ以上は黙ってられん。お前を捕まえてやる！」

自警団のリーダーだろうか。集団の中心にいた男性がそう言って、皆でランディを取り囲む。

ランディは視線を周囲に走らせ、バカにするように鼻で笑った。

「たったこれだけでか？　遊べても三秒だな」

「こちらも考えていないわけではない」

ランディが「あん？」と片眉を持ち上げると、自警団の男性のひとりが盗賊の子供に刃物を突きつけながら前に出てくる。

それを見てランディが余裕の表情を崩したのは、ほんの数秒。

すぐに笑みを繕って、すっと細めた目に静かな怒りをたたえる。

「少しは頭も回るようになったってことか。じゃあ、しょうがねえな」

ランディが降参とばかりに武器である鉤爪を地面に投げ捨てる。

その瞬間、自警団の男性たちは「この悪党め！」「よくも、人から金を奪ってくれたな！」という罵倒とともに無抵抗のランディを殴った。

それに盗賊の仲間たちは「お頭！」と助けに入ろうとしたのだが、ランディ自身が「来るな！」と牽制した。

一方的な暴力を目の当たりにした私は、声も出せずに震えることしかできない。

そんな私とは違って、我らが騎士団長は町民たちのところへ歩いていくと、ランディを殴っていた男性の腕を掴んだ。

「お前たち、その男に抵抗の意思はない。裁くなら法務省でしろ」

「だ、だがよ！　こいつは俺の金を……ひいっ！」

反論していた男性はバルドさんの顔を見た途端に悲鳴を上げ、「お前も盗賊の仲間か⁉」と後ずさる。

「この人はパンターニュ王国の騎士団長です。その無礼な発言は、いただけませんね。この人の機嫌を損ねれば、あなた方も痛い目に遭いますよ」

オリヴィエが加勢するように脅せば、自警団の男性たちはバルドさんの鎧に刻まれていたパンターニュ王国の紋章を見て、おとなしくなる。

「あとのことは任せたぞ、ノヴァ」

ランディは盗賊の仲間のひとり——ノヴァと呼ばれた二十代くらいの青年にそう声をかけると、連行されていく。

呆然としている間に騒ぎは静まっていて、盗賊たちからはすすり泣く声が聞こえてきた。

「ノヴァ、どうすんだ！　お頭、あのまま殺されたりしねえよなあ？」

盗賊たちは不安げな面持ちで、ノヴァの周りに集まる。

ノヴァは悔しげに唇を噛んで頷いていたが、意を決したように重い口を開いた。

「お頭はこんな形で終わっていい男じゃねえよ。助けに行くぞ」

そのひと言に「おおーっ」と賛同の声をあげる盗賊たちを、バルドさんは「早まるな」と諌《いさ》める。

「お前たちが行ってなんになる。力づくで奪い返したところで、この住処は自警団に知られているんだぞ」

「なら、全員で逃げればいい！」

焦りから生まれた苛立ちをぶつけるようにノヴァが叫ぶと、盗賊たちは「よそ者のくせに口を出すな！」と騒ぎだした。

けれど、バルドさんは盗賊たちに怯むことなく厳しい目を向ける。

「女子供を連れて、どこまで逃げるつもりだ。そんな暮らしをいつまで続けるつもりだ？　現実的に可能かどうか、考えろ」

「それは……でも、お頭は親に捨てられ、酷い干ばつで村を追われ、行き場を失った俺たちに居場所をくれた人なんだよ。それにお頭だって、初めから盗賊になりたくてなったわけじゃねえんだ。それなのにこんなのって、ないだろ！」

どういう意味だろう？

不思議に思いながら、私はロキとエドガーのあとを追って階段を下り、ノヴァに近づく。

「お頭は難民の受け入れをパンターニュ王国の役所で何度も頼んでくれてた。でも、あいつらなんて言ったと思う？　なにか悪事をしでかしたから、故郷を追われたんだろって。そんなやつらを受け入れる国なんてねえってな」

事情をたしかめもせずに、ランディたちは追い払われてしまったんだ。

「もう俺たちの生きる場所なんてねえんだって、皆が諦めてた。けどな、お頭だけは違った。俺たちの村を作って、どんなに汚ねえことをしても生きてやろうって、そう言ってここまで俺たちを導いてくれたんだよ」

やり方は褒められたものではないけれど、盗賊にならなければ生きていけなかったのだろう。私もあの森で運よくエドガーたちに出会っていなかったら、そうなっていたかもしれない。

ノヴァたちがなんとしてもランディを助け出したい気持ちはわかる。

私は、また偽善だとオリヴィエに責められるのを覚悟の上で意見する。

「なら、ランディを助けに行こう。ランディがしたことは絶対に悪いことだけど、そうしないと生きていけなかったんだとしたら、こんなの納得いかないよ」

「……まあ、盗賊以外にまっとうな方法で稼げなかったのか、とは思いますけれど。生きる場所を守るためにどんな手でも使う部分に関しては共感を覚えますし、同じ境遇の人間が無様な終わり方をするのは自分を否定されたようで腹が立ちます」

自分が孤児だったからか、オリヴィエは生き方を選べなかった盗賊たちに対して、なにか思うところがあるようだ。

はっきりと言葉にはしなかったが、私と同じ意見らしい。

ロキを抱きかかえていたエドガーは「また、王都か……」と遠い目をしていたが、他のふたりは小さく頷いていた。

「皆、異論はないようだな。ならば、行き先はパンターニュ王国の法務省だ。そこにランディは勾留されているだろう。案内しよう」

バルドさんがランチワゴンのほうへ歩き出し、うしろからノヴァ、皆もそれに続く。

私も追いかけようとしたとき、ノヴァに腕を掴まれた。

「お頭のこと、頼みます」

「ノヴァ……うん、頑張ってみるね」

ここにいる盗賊たちのためにも、ランディが報われない事態にだけはしてはいけないと思うのだった。

私たちはランチワゴンで、法務省のあるパンターニュ王国の王都に戻ってきた。

無機質な漆黒の柱が何本も立ち並び、さすがは法務省と言いたくなるほど厳かな雰囲気を醸し出している神殿のような建物にやってくる。

「これはバルド騎士団長！　このような場所にどうしましたか？」

前から分厚い本を抱えた、学生のような漆黒の制服とローブを羽織った男性が駆け寄ってくる。

突然の騎士団長の登場に慌てている様子だった。

「ここにランディ・リアブロッドという盗賊の男が収監されているはずなんだが、その者の処遇について相談したい」

「それでしたら、たった今法務官が事情聴取をしているところです」

男性は、私たちを取調室に案内してくれる。

「では、犯行を認めるんだな？」

中に入ると、椅子に腰かけたまま鎖に繋がれたランディが険しい顔つきの法務官二名に問い詰められているところだった。

「すまない、失礼する」

騎士団長の来訪に、法務官たちは勢いよく敬礼した。

ランディは私たちの姿を見て、「なんでお前らがここにいんだ？」と目を丸くしている。

「ランディ・リアブロッドの所業は許されたものではないが、そもそもこの男が盗賊になったのは難民申請を法務省に受け入れられなかったからだと聞く。その背景に関しては、調査は済んでいるか？」

法務官たちはバルドさんの問いに顔を見合わせ、「いいえ」と首を横に振った。

「ですが、それで窃盗の罪が消えるわけではありません。少なく見積もっても、五百万G《ガル》必要です。それが払えなければ、十五年の懲役刑になります」

「ねえエドガー、五百万Gってどれくらいの価値があるの？」

私は保釈金がどれほどのものなのか、見当がつかなくてこっそり隣にいたエドガーに尋ねる。

「そうだな、王都に近いほど土地も物価も高くなるんだけど、王都の家が五軒は買える額かな」

「そ、そっか……」

そんなお金があれば、ランディは盗賊なんてしていないだろう。

ランディを見ると諦めたように視線を宙に投げて、椅子の背もたれに寄りかかる。

「その日暮らしてくだけでも必死だってのに、そんな大金ねえよ」

案の定、ランディには手持ちのお金がない。

でも、私が国王から貰った謝礼金は五百万Gを遥かに上回る額。

ランチワゴンの運転資金は減ってしまうけれど、ランディが盗賊にならざる終えなかった状況を作ったのは法務省にも原因があるわけだし、やっぱり納得がいかない。

だから――。

「ランディ、私、盗賊の皆から絶対に連れて帰ってきてって頼まれてるんだ」

「あいつらがお前たちを頼ったのか？　あいつらは奴隷出身だ。迫害されて散々な目に遭ってっから、仲間以外の人間は無条件で敵視するんだが……」

「それだけ、ランディを助けたかったんだよ」

盗賊の住処を出るとき、必死な表情でランディのことを頼むと言ったノヴァさんの顔が頭に浮かぶ。

「このまま盗賊でいるつもりか。ずっと法務省や自警団の人間から逃げて生きていくことになるぞ。休まる暇がない」

「お偉い騎士団長様に言われなくたって、わかってんだよ、そんなこと。けどな、何度難民申請したって門前払い。盗賊になる以外、他になにが……」

「きみは頭領なんでしょ」

エドガーの静かな問いかけが、やけに大きく響いた。

「俺にとやかく言う資格はないけど、きみが頭領として人の上に立つと決めたのなら、こそこそ隠れるんじゃなく、仲間が堂々と生きられる道を考え抜く責任があるんじゃないのか？」

エドガーの言葉には説得力があった。理由はわからない。だが、しいて言うのであれば、まとう威厳のせいだろうか。

押し黙るランディに、私は考えを巡らせる。

「盗みで生計を立てるんじゃ、ずっとその日暮らしになっちゃうし……そうだ！　私たちみたいに、お弁当屋をやるっていうのは……」

本気で名案だと思ったのだが、成り行きを静観していたオリヴィエに〝この単細胞〟と言いたげな目で見られた。オリヴィエは呆れ交じりのため息をつくと、腰に手を当てる。

「雪のアイディアは単純もいいところですが、視点はまあまあ悪くない。ない頭でそこまで考えられたなら、及第点でしょう」

「あれ、これって私、褒められてる？　貶されてる？」

「うるさいですよ。話が逸れるので黙っていてください。話を戻しますが、物を奪うのではなく、作ればいいのですよ。それでお金は生まれます」

「俺たちみてえな盗賊に、なにを作れって？　悪いが、嬢ちゃんの案以外で頼むぜ」

ランディまで……もう穴があったら入りたい。どうせ単純ですよ、と壁に額をくっつけて項垂れていたら、ロキが背中をぽんぽんと撫でて慰めてくる。

そんな私のことなど視界に入れず、オリヴィエは続ける。

「それを考えるのがあなたの仕事でしょう、と説教したいところですが。そこのお人好しが伝染しました。ひとつ、アドバイスしてさしあげます」

かなり上から目線だが、オリヴィエはランディの力になってくれるようだ。

「僕のリックベル商店では野菜や日用品に至るまで、外部の農家や職人から仕入れています。ですが近々、自分のところで作れないかと考えています」

「リックベル商店って、名の知れた店じゃねえか！ そこのオーナーがお前みてえな子供だとはなあ」

きっと、感心するランディに悪気はない。

だが、オリヴィエの顔が『子供』という単語に険しくなっていくのに気がついていない。

見守る側はひやひやしていたが、オリヴィエは論点がずれると思ったのだろう。

ランディの言葉を広い心で聞き流して、「いいですか？」と本題を切り出す。

「農業や日用品の製造にご興味がおありでしたら、まずは弟子として職人のところで修業をし、ゆくゆくはうちの店に出す商品の作り手になるというのはどうでしょう」

それはアドバイスどころか、盗賊たちを新たな道の入り口に立たせる提案だった。

ランディは驚愕の表情のまま、オリヴィエを仰ぎ見る。

「なんで、そこまでしてくれんだよ」

「僕は孤児でしたから、あなた方のように盗みを働いて生きようと考えたことがなかったわけではありません。ただ、どんな境遇であろうと人は成功できる。周囲の人間に同情されるような惨めな生き方をするのではなく、羨まれる人間になってもらわなければ、僕の生き方も否定されたみたいで不愉快なんですよ」

あくまで自分のためだと言い張るオリヴィエだけれど、ランディはふっと目を細めて口端を吊り上げた。

「お人好しだねえ、あんたら。だが、決めたぜ。十五年後、俺がここから出られたら、必ずあいつらに真っ当な道を歩ませるってな」

その答えを聞いた私は、「十五年後？　待てないよ！」と思わず叫ぶ。

「今すぐやろう、ランディ！」

「……は？」

きょとんとしているランディを無視して、私は法務官たちに向き直ると鞄から国王がくれた謝礼金を取り出す。

「すみません、ランディの保釈金は私が払います」

お金を手渡せば、うしろから「いや、五百万Gだぞ？　正気か、嬢ちゃん」という

ランディの驚きの声が飛んでくる。

「あげたわけじゃないよ。利息はなしにしてあげるから、早々に返してね」

「嬢ちゃん……はは、参った。そのためには、森の狩人総出で働かねぇとならなくなりそうだ」

「そうなるね」

「まったく、年若いお前たちに諭されちゃ、面目が立たねえな。ありがとよ、心から礼を言うぜ」

ランディが荒っぽい口調に反して、丁寧に頭を下げる。取調室の空気が少しだけやわらかくなった気がした。

「よう、戻ったぜ」

盗賊の住処に戻ってくると、ランディはあっという間に仲間たちに囲まれた。

それを遠目に見守っていたオリヴィエが密かに微笑んでいるのに気付く。

「オリヴィエ、今日はありがとう」

「は？　なんであなたがお礼を言うんです？」

「だって私が言い出したことなのに、オリヴィエが盗賊の皆のことを助けてくれたから。あ、『助けたんじゃなくて、自分のためです』とか、言わないでね」

「先手を打つとは、なかなかですね」

やっぱり、言うつもりだったんだ。

驚きに目を瞬かせるオリヴィエの顔には年相応の幼さがあり、私は彼の素に初めて触れられた気がして頬が緩む。

「私、助けたいって思っても具体的になにができるのかわからなかった。でも、オリヴィエが口だけじゃなくて形にしてくれたでしょ？　オリヴィエは頭がいいし、ニコ弁当屋の頭脳といっても過言じゃないよ！」

「なんですか、それ。喜ぶところなのか、笑うところなのか、理解に苦しみます」

オリヴィエはもごもごと文句をこぼしながらも、照れくさそうに顔を俯ける。その耳は真っ赤だった。

「オリヴィエは絶対に自分の境遇をバネにするんだって、その気持ちを貫いたから商人として成功できたんだね。オリヴィエのこと、年齢とか関係なく尊敬する」

「あなたは――」

オリヴィエがなにかを言いかけたとき、やけに静かなことに気付いた。盗賊たちに視線を向けると、なぜかランディを囲んで涙ぐんでいる。

「俺は今回、法務官の連中に捕まって、思い知った。それはなあ、俺はお前たちを守ってるようで、守れてなかったってことだ」

ランディの言葉に盗賊たちは「なにを言ってんだよ」「俺たちはお頭がいなけりゃ、とっくに死んでたんだぜ！」と首を大きく横に振った。

「おいおい、話をちゃんと最後まで聞け。俺は守り方を間違えた。これからは真っ当に畑耕して、人の生活に必要なもん作ってよ。皆で、お天道様の下を堂々と歩いて生きようや」

そう言って、ランディがリックベル商店の職人になれることを伝えると盗賊たちから「俺たちがまともな仕事をもらえるなんてな！」と歓声が巻き起こる。

ランチワゴンの中でも話していたのだが、リックベル商店が手配した研修先に盗賊たちを受け入れる日取りは一ヶ月後に決まった。

農家や職人のもとで住み込みで働き、いずれ各地のリックベル商店で働けるようにオリヴィエが手配している。

皆が職人になることを前向きに考えているのを見届けたランディは、私たちのところにやってきた。

「嬢ちゃん、この指輪を返しに行きてえんだが、ついてきてくれねえか」

「それって、あの男の子のお母さんの形見？」

ランディの手には、赤いルビーのような宝石が埋め込まれた指輪がある。

「ああ、俺だけで行っても怖がらせちまうからな」

「うん、たしかに」

即答すると、ランディは「嬢ちゃん～」と、少し困った顔をした。それに吹き出しつつ、私は「はは、冗談だよ」と言って、ランチワゴンへと足を向ける。

「早く返してあげよう。大事なものだと思うから」

男の子の家は指輪の件を託されたときに聞いていたので、さっそく向かおうとすると、ノヴァが駆け寄ってくる。

「お頭たち、どっか行くのか？」

「ああ、野暮用だ。盗んだものを返しに行く」

「俺もついてく。今度お頭が殴られそうになったら、俺が盾になっからな」

こうして私はランディとノヴァ、ニコニコ弁当屋の面々とともに男の子の家があるソルトの町に向かった。

家を訪ねると男の子と一緒に父親が出てきたのだが、それがまさかの自警団のリーダーだった。

男の子の父親はランディとノヴァを見た瞬間、つかつかとこちらに近づいてきて殴りかかろうとした。

だが、拳が届くよりも早くランディが深々と頭を下げる。

「すまねえ、今日はそこのガキが大事にしてた母親の形見、返しにきたんだ。殴りたきゃいくらでも殴っていい。けどまずは、それを返したい」

「お前……それだけのためにうちに？　報復しにきたんじゃないのか？」

拍子抜けしている父親のうしろにいた男の子は、それを聞いてランディの前に走り寄ると、両手をお椀のようにして前に出す。

「お母さんの形見、返してくれるの？」

「おお、盗んで悪かったな」

ランディは腰を落とし、男の子の手のひらに指輪を載せた。

それを見た男の子は嬉しそうに顔をほころばせ、今度はぺこりと頭を下げる。

「僕のほうこそ、ごめんなさい。僕がお父さんに言ったから、怪我をさせちゃったんだよね」

逆に謝られるとは思っていなかったのか、ランディは言葉が出てこないようだ。

しばらく男の子を見つめながら放心していて、見かねたノヴァが「お頭」と小声で呼びかけるとランディの肩が跳ねた。

「あ、ああ。もとは俺が悪いんだ。お前が謝る必要ねえよ。それに、盗賊相手に律儀に頭を下げる必要なんざ……」

「なんで？　悪いことをしたら、『ごめんなさい』するのは当たり前だよ」

男の子の純粋な疑問を前に、ランディは目を丸くする。それから頭をがしがしと掻くと、「本当に参った」と言って天を仰いだ。

「盗賊相手でも、ちゃんと人として接してくれるやつもいるんだな。見捨てるやつばっかりじゃねえんだな。こうして向き合ってくれる誰かもいるって、また信じられそうな気がするぜ」

空を見上げているランディの瞳は、わずかに潤んでいる気がした。それを見た男の子の父親は、そっぽを向いたまま口を開く。

「ランディ……だったか。お前たちが盗賊になった理由は知らん。どんなわけがあるにせよ、したことが消えるわけではない。だが、望んで盗賊になったわけではないのは、わかった。人はたくさんいる。冷たい人間だけでなく、お前たちに温かい人間だって必ず世界のどこかにいるはずだ。だが、胸を張れないような生き方をしているうちは、世間のお前たちを見る目は変わらんぞ」

「そうだな。正論すぎて、頭が上がらねえ」

噛みしめるように呟いて、ランディは深々と頭を下げた。

空が夕日に燃えるような赤に染まった頃、私たちはすべきことを終えてランチワゴンに乗り込んだ。

盗賊の住処へと戻る途中、窓から吹き込んでくる風を浴びながらランディがぽつりと尋ねてくる。

「嬢ちゃんたちはどうして、旅をしながら弁当屋なんてやってんだ？」

「私は今を楽しむためかな。いろいろ悩みはあるけど、そういうのは今は頭の隅においとくの。いろんな人に出会って、いろんな世界を見て、おいしいものを食べて。ただそうやってしたいことだけをして、幸せな気分になれたら最高だなって」

とはいえ、旅に出て早々に盗賊に襲われるという不運に見舞われたので、まだどれも叶えられていないけれど。次こそは、カイエンスで海の幸をたらふく食べたい。

「僕は商売の次に、はまりそうなことを見つけるためですかね。幸い、うちの食いしん坊担当は、閃きだけはピカイチですから。なかなか刺激的な日々を送れそうです」

「その食いしん坊担当って、私のことでしょうか？」

「あなた以外に誰がいるんです」

オリヴィエは、ばっさり切り捨てるように言った。

「じゃあ、次。そこの騎士団長様はなんで弁当屋にいるんだ？」

「右目の視力が年々落ちていてな。引退を考えていたところに雪に声をかけられた。用心棒兼弁当屋だ。これまでの経験も生かせる。次の就職先としては申し分ないが、まだ正式に仲間に入るかは決めていない。今は職場体験をしているようなものだな」

戦うときは豪快なのに、こういう場面では意外と石橋を叩いて進むタイプなのかもしれない。『職場体験』だなんて、そんなつれないこと言わないで、もう正式に仲間に加わってほしい。

「で、エドガーは？」

ランディに話を振られたエドガーは、急にブレーキを踏む。全員の身体が前につんのめり、何事かと思った。

「なんだ、敵襲か⁉」

ランディが驚きの声をあげる。後部座席を見ると、ランディはオリヴィエと抱き合っていた。

「またですか！　『森のクマさん』だか、『森の引きこもり』だか、なんだか知りませんけど、盗賊はもうこりごりです！」

「〝森の狩人〟だ！」

訂正するランディに、オリヴィエは「なんでもいいですよ！」と発狂する。

「森の引きこもりは、エドガーのことだよね」

「雪、話がややこしくなるから、あなたは黙ってなさい」

私は膝の上にいるロキにやんわりと怒られて、しゅんとしつつ「はい」と返した。

収拾がつかない車内で、バルドさんの顔に疲弊が滲む。

「お前たち、静かにしないか。エドガーは人馴れしていない。今日知り合ったばかりの人間に急に話しかけられて、取り乱したんだろう」

それを裏付けるように、エドガーはだらだらと汗をかいている。ここで、車内から飛び出していかないだけ、進歩だ。

「人騒がせな人ですね！　危うく、事故で死ぬところでしたよ！」

キッとオリヴィエに睨まれたエドガーの背は、どんどん丸まっていく。いつか、ダンゴムシになってしまいそうだ。

「エドガー、大丈夫？」

「平気。旅に参加した理由、だけど……。雪といたら、自分の技術を生かせるかもしれないって、おっ、思ったから」

ここで急に先ほどの質問に答えるあたり、エドガーはやっぱりコミュ障だ。案の定、「俺、もうその質問忘れてたぜ……」とランディが引き攣った顔で呟いている。

「さ、サンキューな、エドガー。それにしてもよ、嬢ちゃんの周りはにぎやかで楽しそうだ」

ランディは羨ましそうにそう言って、それっきり窓の外の景色に目を向ける。

その横顔をノヴァはなにか言いたげに見つめていた。

＊　＊　＊

盗賊の住処には、空がまだ明るいうちに帰ってくることができた。

旅を再開する私たちを盗賊の皆が見送りにきてくれたので別れを告げていると、ノヴァがランディを見上げる。

「お頭はこのままでいいのか?」

その問いに、ランディは眉を寄せて、「なんのことだ?」と聞き返す。

「俺たちはもう、お頭がいなくても大丈夫だ。自分の力で生きていけるように、手に職をつける。だから、これからはお頭のしたいことをしてくれよ」

ノヴァの言葉に他の盗賊たちはなにかを感じ取ったのだろう。口々に「お頭、なにかしたいことがあんのか?」「だったら、俺たちのことは気にせずやってくれよ」「真っ当に生きるからよ」と声をあげる。

「お頭は俺たちのために十分してくれた。お頭をこれ以上、俺たちに縛りつけることはしたくねえ」

「ノヴァ、俺は縛りつけられてたなんて思っちゃいねえぞ」

「お頭なら、そう言うと思ってたけどな。でも、なにかしたいと思うたび、俺たちの存在を思い出して踏みとどまったことがあっただろ」

それには心当たりがあったのか、ランディは口を閉ざす。

ノヴァは「やっぱりな」と苦笑いして、ランディの背をとんっと押した。

「皆のことは俺に任せろ。だから、お頭は風の向くまま、気の向くままに生きてくれって。ひとつの場所に留まってるよりさ、そのほうがお頭らしいって」

その言葉と盗賊たちの温かな眼差しに後押しされるように、ランディは掠れる声で
「ありがとな、お前ら」とこぼし、私の前にやってくる。

「嬢ちゃん、俺は一生を懸けて、こいつらを守らなきゃなんねえと思ってた。でも、こいつらが巣立つことになって、これからは自分のために生きてえと思ってる」

「風の向くまま、気の向くままに？」

「ははっ、そうだ。俺はいろんな国に行きてえ。この森ん中じゃ出会えねえようなお宝も見てみてえ。つーわけで、嬢ちゃん。俺も旅に連れていってくれねえか」

わくわくを抑えきれないというように、夕日の光を受けていっそう赤く煌くランディの目。それをまっすぐに見つめ返していたら、私の心もなぜか弾んでくる。

「貸したお金も、ばりばり働いて返してもらわないとだからね」

冗談めかして言えば、ランディは「ちゃっかりしてんな」と笑って、両手を腰に当てた。

「これからよろしく頼むぜ、雪とその仲間たち！」

「引きこもりに食いしん坊、顔面凶悪犯に化けウサギとまとめられるのは不愉快です！」

雑にまとめられた〝その仲間たち〟のうち一名が抗議している。

「また、にぎやかになりそうね」

隣にやってきたロキが、つぶらな瞳で見上げてきた。

「うん！　これでようやく旅をはじめられるよ」

「雪も楽しそうでよかったわ」

ロキは、嬉しそうに目を細める。

「異世界に来てから、つまらないって思った日はないよ」

そう答えると、私はロキの小さくてふわふわな身体を抱き上げ、仲間たちを振り返った。

「それじゃあ、行こうか！」

私は盗賊の皆に大きく手を振って、背を向けた。

あとからニコニコ弁当屋の仲間たちもランチワゴンへと歩き出す。

木々を揺らす追い風が、新たな仲間を加えた旅の門出を祝ってくれているかのようだった。

Menu3　祝いメシは『鯛飯』弁当

盗賊の住処を出発してから三日、私たちは当初の目的だったカイエンスに向けてランチワゴンを走らせていた。

おもむろに、後部座席にいたランディが「いい風だぜ！」と叫ぶ。

振り返れば、ランディが開けた窓から顔を出していた。

そんな彼を横目に見たオリヴィエは、眉間にしわを寄せる。

「あなた、数分前にも同じことを言っていましたよ。それによくもまあ、代わり映えのない景色を飽きずに眺めていられますね。森を抜けてから、ひたすら平野しか広がっていないじゃありませんか」

「ランディは森での生活が長かったから……じゃない？　俺も同じようなもんだし、新鮮でいい」

バックミラー越しにオリヴィエたちを見たエドガーは、珍しく自分から会話に参加している。この旅は、エドガーの人見知りを克服するいい機会になったようだ。

「わかってるじゃねえか、エドガー」

上機嫌なランディとバックミラー越しに目が合ったエドガーは、すっと視線を逸らす。その頬はかすかに赤い。思わず、乙女か！とツッコミそうになった。

「俺も休暇はひさびさだからな。こうしてのどかな景色を見ていると、戦の最中にいた日々が遠い日のことのように思える」

皆のやりとりに静かに耳を傾けていたバルドさんも唇を緩めていた。

「でもバルドさん、休暇だって言いながら時間があると鍛錬してますよね」

「ああ、身体が鈍りそうでな」

そんな私たちのやりとりが耳に入ったのだろう。

ランディが窓から顔を離して、「おいおい」と白けた目をする。

「俺たち、これから長い付き合いになんだろ？　さん付け、敬語はやめねえか」

「呼び方なんて、どうでもよくありません？」

「オリヴィエ、呼び方ひとつで距離ってのはぐんと近づくもんだぜ。俺ら森の狩人では仲間は全員家族だ。年齢性別関係なしに名前で呼ぶってのが、規則だったぞ。つーわけで、お前も敬語はよせよせ」

ランディはオリヴィエの首に腕を回して、絡んでいる。

それを鬱陶しそうに解きながら、ランディは「僕の敬語はアイデンティティみたいなものなので、やめられませんよ」と突っぱねていた。

平和だな。

仲間たちの会話に耳を傾けつつ、窓の外を見ると青空が広がっている。

白い雲は風に押し流されるようにしてゆったりと流れていき、私たちもあの雲のようにどこまでも行けるだろうと根拠もなく思った。

天気に恵まれて気分も自然と上向く。

「うまくいきそうだね」

運転席を見れば、ハンドルを握ったエドガーが後部座席で雑談しているランディたちをちらっと見て、少し口角を上げた。

私は小声で「うん」と頷き、弾む胸を服の上から押さえると、まだ見ぬカイエンスの国に思いを馳せるのだった。

＊　＊　＊

盗賊の住処を出てから、一週間。

海沿いのせいか、じめっとした暑さがあるカイエンス王国にたどり着いた。

人が多そうな広場にランチワゴンを停め、さっそく作戦会議を始める。

「まずは市場調査です。一番お金を落とすのは漁師でしょうから、港に行きますよ」

さすがは、全国展開する商店の経営者。得意分野だからか、てきぱきと私たちに指示を飛ばす。

「まず。ロキはランチワゴンで待機」

「そうね、私がいると目立つかもしれないし。留守中のランチワゴンは、任せてちょうだい」

「雪とランディは人たらしですので、漁師が普段どんなものを口にし、どんなものを食べたいと思っているのか、聞き込みを。僕は市場に行きます。バルトとエドガーは荷物持ちとして、ついてきてください」

人たらし、それを喜んでいいのだろうか。いささか疑問ではあるが、私たちは手分けして、市場調査に出かける。

「お疲れ様です！　わーっ、これ、なんていう魚なんですか？」

私は船を繋留する柱に縄を巻きつけている漁師に声をかけた。彼の足元にある木箱には、身体全体がふっくらとした魚が大量に入っている。

「ああ？　タラだよ」

「この時期のタラはうめえぞ。白子とタラコまで栄養が行き届いてないから、身に旨みが凝縮してるんだ」

「へえ〜、おいしそう！」

「なんだ？　食ったことねえのか。ふわふわで食感も最高だぞ。今は潮の流れがカイエンスのほうに流れてるからな。大量に収穫できる。市場でも安く買えるんだ」

これはいいことを聞いた。私は隣にいるランディと目を合わせて密かにガッツポーズをする。

「ちなみに、おっさんは普段どんな昼飯を食ってんだ？」

「そりゃ俺たちは漁師だからな。刺身にして、プランブランをつけて白米と一緒に食うか、塩ふって焼き魚にするか、どっちかだな」

生魚も食べるんだ。

日本の漁師と同じなんだな、と思っていると漁師は「ただな」と苦い顔をする。

「たまには脂っこいものが食いたくなんだよ。けど、なんせ男ばかりだから手間がかかる料理はしたがらねえ」

そこにヒントがあるような気がした。脂っこいもの……フライとかいいかもしれない。私は「ありがとうございました」と漁師にお礼を言いながら、お弁当のメニューに考えを巡らせた。

　それから小一時間、ランディと聞き込みをして広場に帰ってきた。「ただいまー」と留守番していたロキを抱き上げたとき、オリヴィエたちも市場から戻ってくる。

「さすがは港町ですね、魚の鮮度が抜群でした。それに市場は生産者から直接購入できるので、店に並ぶまでの流通代に手数料もかかりません。値段も王都よりひと回り安いです。とくにタラは、一級品です」

　オリヴィエは木箱を開けて、氷漬けにされた魚介類たちを見せてくれる。

　さすがはオリヴィエ。あの漁師が勧めていたタラをすでに調達している。オリヴィエの目利きは折り紙付きだ。

「漁師のおっさんたちは、素材のまんま魚を食うみてえだぞ。だから、脂っこいものが恋しいんだと」

　ランディが聞き込みの結果を報告する。

「脂っこいものと、今が旬のタラ……あ、タラのフリットはどうかな？　漁師の人たちは、男の人ばかりだから凝った料理は作らないみたいなんだ。だからご飯も白米じゃなくて、工夫したい」

「なら、『あさりご飯』にするのはどうかしら」

私の腕の中で、ロキはオリヴィエの仕入れてきた魚たちを見ている。

異世界にもあさりご飯ってあるの？

疑問に思っていると、オリヴィエが「あさり……ご飯？　たら……ふりっと？」と、眉間にしわを寄せながら首を傾げている。

あれ？　異世界にはあさりご飯とタラのフリットはないのかな。でも、ロキは知っているような口ぶりだったけど……。

問うようにロキを見れば、「前に雪のレシピ本を勝手に見ちゃったことがあるのよ」と教えてくれる。そこで、ようやく腑に落ちた。

「ロキは物覚えがいいんだね」

感心しつつ、私はランチワゴンから黒板のようなスタンド型の看板を出してきた。

そこにチョークに似たペンで【本日のおすすめ、あさりご飯とタラのフリット弁当】と書くと、ランチワゴンの前に置く。

「俺は料理のほうはからっきしだからな。ニコニコ弁当屋の宣伝でもしてくるぜ」

ニコニコ弁当屋のエプロンをつけたまま、ふらりと出かけていくランディに「自由行動しないでくださいよ！」とオリヴィエが叫んでいたが、本人は「俺に任せとけ！」

とまったく噛み合わない返答をして去っていく。

「信じられません。宣伝と言いつつ、酒場にでもたむろする気では？」

静かに怒りに震えているオリヴィエの肩に、エドガーが手を置いた。

「ま、まあまあ。ランディの人柄なら、この町の人ともすぐに仲よくなれそうだよね。きっと、接客に向いてると思うよ」

「適材適所だ」

バルドさん――バルドもとくにランディの行動に異論はないらしく、せっせとランチワゴン乗り込む。

それに促されるようにして私たちも中に入り、キッチンに立つとお弁当作りに取りかかった。

「まずは時間がかかるあさりご飯の準備からしよう。材料はあさりとグリーンピース、お酒に醤油……じゃなくて、プランブラン。ダシを取る昆布」

「それは俺が準備しよう」

バルドが台の上に材料を並べていってくれたので、私はボールでお米を洗う。

それが終わると、水に漬けたお米の中に昆布を入れて置いておいた。

「今度はあさりの塩抜きね」

塩水に入れたあさりから、しっかり砂が抜けたのを確認して鍋に入れる。

そこへ醤油代わりのプランブランを大さじ二杯とお酒を大さじ一杯かけて蓋をし、蒸し煮にした。

やがて殻がぱかっと開き、あさりの身を取り出していったん器に移す。

私はグリーンピースとお米、あさりの煮汁に塩を少量と水を百ccほど加えたものをエドガーが発明した炊飯器に投入した。

しっかりと具材を混ぜてスイッチを押すと、エドガーが慌てたようにあさりの容器を持ち上げる。

「あさりはご飯と混ぜなくていいの？」

エドガーは、私があさりを入れ忘れたと思ったのだろう。

「あさりを一緒に入れて炊いちゃうと、ふっくらと仕上がらないから炊けてから混ぜるんだよ」

「雪の食材に対するこだわりは、ちょっと発明家に似てる」

「そ、そうかな？　私はただ、なんでも食べられるなら最高においしい状態がいいなあって思ってるだけで……」

エドガーに褒められたのが照れくさくて、勝手に言葉尻が小さくなっていく。恥ずかしさがピークに達した私は気を取り直して「で、でも！」と話題を変える。

「機能を説明しただけなのに、ここまで忠実に炊飯器を再現できるなんて、やっぱりエドガーはすごいよ！」

「こんなの序の口。雪が言ってたオーブンレンジも、もうじき完成すると思うから待ってて」

エドガーは旅の最中でも、時間ができると必ずと言っていいほど発明に没頭している。

それも私が欲しいと言ったものをリスト化してひとつひとつ製作していて、この炊飯器も一昨日完成した出来立てほやほやの調理家電だ。

「うん、助かるよ！」

私は炊飯器をありがたく使いながら、ご飯が炊けるまでの間にタラを削ぎ切りにすると両面に塩コショウをふった。

それから小麦粉をまぶし、溶き卵に浸して、パン粉をくっつけるとあらかじめ熱していた油に入れてきつね色になるまで揚げる。

大量にタラのフリットを作っている間に、お米も炊けた。炊飯器から昆布だけを取り出し、代わりに器に移してあったあさりの身を入れて十分蒸らす。

「器はこちらでよろしいですか？」

オリヴィエが台に並べたのは、パンターニュ王国を出立する前に祝いの品としてくれた小判型のお弁当箱だ。

木製なので水分を吸ってくれるため、米がべちゃっとしないという利点がある。タラのフリットは油のシミがお弁当箱につかないよう、別のカップを用意した。

私はせっかくなので、炊き上がったご飯にダシとして使った昆布を細かく刻んで混ぜ込むとオリヴィエの用意してくれたお弁当箱に詰めた。

その横にはレモンの汁で味付けしたタラのフリットを添えて、私は額の汗を拭う。

そうしてお弁当をいくつか作り終えたとき、ランディが戻ってきた。

「手あたり次第、声かけてきたぜ」

ランチワゴンの窓から外を確認すると、物珍しさからか広場にカイエンスの国の人たちが集まっている。その大半が漁師の格好をした男性だった。

「さすが、ランディ！　お弁当が無駄にならずに済みそうだよ。ありがとう！」

私はさっそくお弁当を売るべく、ランチワゴンの外に出て呼び込みをする。

「『ふっくらあさりご飯と、タラのフリット』弁当、いかがですかー！」

お弁当を見せながら宣伝するも、カイエンスの人たちは隣同士で顔を見合わせて、「なんなの、あれ」「箱にメシがぎゅうぎゅう詰めになってるじゃねえか！」「魚は鮮度が大事だってのに、揚げるなんて漁師への冒涜《ぼうとく》だろ！」と非難する。

どうしよう。私はただ、そのまま食べるか、焼くか、そのどちらかだという漁師たちに、いつもとは違うおいしさを味わってほしかっただけだ。

でも、冒涜か……。さすがに堪える。

お弁当を手に立ち尽くしていると、ランディが「おっさん、騙されたと思って食ってみてくれよ」と、ひとりの男性の背を押した。

あの人、さっきタラの話をしてくれた漁師だ。

漁師はランディに無理やりランチワゴンまで連れてこられ、席に着くや否や腕を組む。

「俺は得体の知れないものは食わんぞ。腹壊して海に出られねえなんてことになったら、たまったもんじゃねえ」

頑なにお弁当を見ようともしない漁師の男性に、オリヴィエの眉がぴくりと震えた。仕入れたのはオリヴィエなので、『腹を壊す』と言われて聞き捨てならなかったのだろう。

「お客様の懸念はごもっともなのですが、どれも今日仕入れたばかりの新鮮な魚介類です。衛生面は問題ないかと」

「それから、おじさんが勧めてくれたタラは、加熱して脂が染み出ると旨味が増すんです！　フリットも気に入ってもらえると思います！」

私は漁師の男性の前に、お弁当箱を置く。ランディの「試食ってことで、タダにするからよ」という最後のひと押しのおかげか、漁師の男性は渋々フォークを持つ。

「まずかったら、ひと口でやめるぞ」

そう言って、きつね色のタラフライにかじりついた。その瞬間、サクッと衣が裂ける音がする。最初は慣れない触感に硬くなっていた表情も、徐々に緩んでいき――。

「これ、本当にタラか？　やわらかいし、脂がじゅわっと染み出てきて肉みたいだ。こっちはどうだ」

漁師の男性は、次にあさりご飯をスプーンですくう。「ん？　んん⁉」と、あさりご飯を口に含みながら、目を見張っている。

「あさりのダシ汁が米によく染みてるな。こんなふうにして、米と食ったのは初めてだ。すげえじゃねえか、あんたら」

満足そうにお弁当を平らげる漁師の男性を見たカイエンスの人たちは、ぞろぞろとランチワゴンに近づいてきた。「試しに買ってみようかな」「あの漁師さんがあそこまで言うなら、食べてみたいかも」と、あっという間に長蛇の列ができていく。

ふっくらあさりご飯と、タラのフリット弁当は大好評で、お弁当も残りひとつになったとき、「おおいっ、飯を出せえ！」という誰かの怒号が聞こえてきた。

何事かと外に出ると、ランチワゴンの前で三十歳くらいの男が酒瓶を片手にお弁当を食べている客に絡んでいる。

「酔っ払いだな、俺が行こう」

バルドはエプロンをつけたまま、酔っ払いの前に立ち塞がった。

「悪いが、騒ぐなら家でやれ。人様の迷惑を考えないか」

「うるせえ！　どいつもこいつも俺を厄介者扱いしやがって、どうせ俺は落ちこぼれだっつーの！」

わけのわからないことを口走り、勝手に怒っている男はバルドの軍服を掴む。

その瞬間、バルドは男の足を払い、その背を膝で押さえつけると地面に伏せさせた。

お弁当を買いに来ていた客は、その光景を目の当たりにして悲鳴をあげる。

「バルド、それくらいにして！」

「ああ、すまない」

バルドが男の上からどき、代わりに私は彼の目の前にしゃがみ込んだ。

どこも怪我をしていないようでほっとしつつ、地面に腹ばいになったまま項垂れる男に尋ねる。

「どうしてこんなにお酒を飲んでるの？」

「お前に話す義理はない」

「なるほど、そう来ますか。じゃあ、おいしいご飯でも食べる？」

私はバルドに彼を担いでもらい、ランチワゴンの前に設置したテーブル席に腰かけさせる。

それからお弁当をひとつ持ってきて、男性の前に置いた。

「最後のひとつ、残っててラッキーでしたね！　はい、どうぞ。ふっくらあさりご飯と、タラのフリット弁当です」

彼はなにも言わず、渋い顔のままお弁当を見下ろす。しばらくして、ごくりと喉を鳴らし、あさりご飯をスプーンですくって恐る恐る口に運んだ。

その瞬間、彼の目にはじわりと涙が漂う。黙々とご飯を口の中に掻き込んで、「んうー！」だの「んんん！」だのと感嘆の声をあげた。

気に入ってもらえたようで、よかった。

胸を撫で下ろしていたら、男性は弾かれたように私を見上げる。

「米のひと粒ひと粒に、あさりの旨味と昆布が染みてるなあ！　こっちの揚げたタラも……」

男性はカリカリのタラのフリットにフォークを刺し、衣に歯を立てた。サクサクッと食欲を掻き立てる音。見ているこっちのお腹が鳴りそうだ。

「――んん！　身が厚くてほくほくで、レモンがさっぱりしてて食べやすいじゃないか！　しかも、衣がサクサクでうまい！　お嬢ちゃんが作ったのか⁉」

興奮している男性に、私は頷く。

「そんなに絶賛してもらえて、嬉しいです」

お弁当をあっという間に食べ終えた男性は満腹になったからか、数十分前まで荒れていたのが嘘みたいに穏やかな表情を浮かべている。

お茶を飲んでひと息つくと、お腹をさすりながら改めて「さっきは悪かった！」と謝ってきた。

「俺はロズベルト。このカイエンスで航海士を目指してたんだが、三年連続で試験に落ちててさ。同期だったやつらも、そもそも素質がなかったんだろうってバカにしてくるし、年齢も年齢だから、そろそろ諦めろって家族からも言われてて」

「そうだったんですね……。それでやけ酒を？」

「ああ、みっともないところを見せたな。最近では勉強も無駄な気がしてきて、家でも母さんから『いい大人が昼間っから飲んでばっかで、あんたを養う余裕ないよ』って、呆れられちまった」

肩をすくめる彼は、お弁当を食べていたときの笑みを萎ませて、ため息をつきながら背を丸める。

「親のすねをかじって生きてたからな、当然っちゃ当然だが。なんか、余計に自分がどうしようもなく無能に思えたんだよ。同期はもう航海士として活躍してるってのに、情けなくて……」

「自分で自分に限界を作るな」

力なく弱音をこぼしたロズベルトさんに、バルドは厳しいひと言を浴びせた。

バルドは黙り込んだ彼の前の席に腰かけて腕を組み、静かに口を開く。

「俺は念願の騎士になったが、戦での負傷が原因で右目がほとんど見えん。お前とは違って、したくても騎士を続けられない。年齢がなんだ、身体が健康ならばなんでもできる。お前は恵まれている。ご両親もお前が三年も航海士の夢を追っている間、養ってくれていたのだろう？」

バルドの言葉には説得力が、まっすぐに見据える瞳からは考えさせられるものがあった。

ロズベルトさんは息を呑み、一拍おいてから「はい」と答える。

「なら、お前が航海士になると信じてくれている者のためにも諦めるな。みっともなくていい、何度破れようがしがみつくことはやめるな」

「バルドさん……」

その日には、わずかに光が宿っている。自暴自棄になっていたのが、嘘みたいだ。

「誰もが順調に物事を進められるわけではない。他人と比べる必要はない。努力している人間をバカにするやつらの言葉に耳を傾ける必要もない」

「……っ、はい。俺、もう少しだけ、頑張ってみようかな」

息を詰まらせて涙交じりにそう言ったロズベルトさんは、少しだけ元気が出たようだ。前向きな発言を残して、何度も頭を下げながら去っていく。

その背を見送ると、私はバルドの横顔を見上げて軍服の裾を軽く引っ張った。

「もし私が、なにかがきっかけで、もうお弁当は作れないって思うことがあったとしたら……」

じっと私を見つめ返してくるバルドに、真剣に宣言する。

「フードファイター、もしくは試食係になろうと思うんだ」

「……ん？」

長い長い間のあと、バルドさんから返ってきたのは戸惑いの声。

「とにかく、この無限に伸び縮みする胃袋を生かせる職に就こうと思う。あ、でもこの手が動かなくなって料理が作れなくなるまでは、ニコニコ弁当屋を続けるよ？　自分からはじめたんだし、責任持ってやらないと」

「神妙な顔で、なにを言い出すかと思えば……」

大きくて、剣を握っているからか、ゴツゴツとしたバルトの手が頭に乗る。

「雪、お前はずれているな。だが……くっ、くく」

至極真面目に考えて言ったのに、なぜだろう。バルドは私から顔を背け、声を押し殺し、笑うのを堪えている。

「そういうところに、皆、惹かれるのだろう」

その言葉に、今度は私が「ん？」と首を傾げるのだった。

カイエンスに来てから、早くも一週間。

バルドの説得が心を動かしたのか、ロズベルトさんはニコニコ弁当屋に毎日通い、外のテーブル席で勉強をするようになった。

私は分厚い参考書にかじりついている彼のテーブルに、コーヒーの入ったカップを置く。

「ロズベルトさん、試験はいつなんですか？」

「ああ、ありがとう。実は一週間後なんだ。三年勉強してたとはいえ、海の法律もころころ変わるから、結構やばくてね」

そうは言いながらも、参考書に向かう彼の目は生き生きしている。

「私にはロズベルトさんがすごく楽しんでるように見えます」

「楽しそう……、か」

カップの中で揺れるコーヒーをじっと見つめながら、ロズベルトさんは唇を緩める。

「俺、小さいときに果てがない海を旅したくて、それが叶えられる仕事はないかって探してたときに航海士を見つけたんだよ」

「まさに理想の職業だったんですね」

「そうなんだよ。それから港に通って、甲板に立って船の指揮を執る航海士を見たら、ますますかっこいいなって憧れた。でもさ、全然夢には届かなくて、現実はただの飲んだくれだよ」

物憂げな顔で語るロズベルトさんに、かける言葉が見つからない。ただ見守ることしかできないでいると、「こんな話されても、困るよな」と彼は首をすぼめた。

私が『そんなことないです』という意味を込めて首を横に振れば、安堵の表情が返ってくる。

「何度も試験を受けてるうちに、自分には向いてないんじゃないか。いい歳だし、そろそろ安定した職についたほうがいいんじゃないか。そんな考えばっかり頭の中に浮かんで、逆に夢が重荷になっててさ」

「ロズベルトさん……」

「いつからか港で航海士を見るのも、海を見るのも嫌になってたな。でも、あんたのおかげで、ひさしぶりに航海士になった自分を想像して胸が熱くなったんだ」

砂糖もミルクも入れずにブラックのままコーヒーを啜ったロズベルトさんは「頭がすっきりする苦さだな」とひと言。

追い詰められているのには変わりないのだろうけれど、その時間すら今は楽しいと思えているらしい。ただ、煮詰めすぎもよくない。

そうだ、ひさびさにデザートでも作ろうかな。頭を使ったら、糖分が欲しくなるって聞くし。というか、私も食べたい。

私は勉強をはじめたロズベルトさんからそっと離れて、ランチワゴンに戻ると冷蔵庫を開けてカイエンスではサラダとして食されている海藻のテングサを取り出す。

オリヴィエが港に買いつけに行った際に購入してきてくれたものなのだが、私はそれを一週間天日干しで乾燥させていた。

もとは赤色だったのだが、しっかり色が抜けて白くなったテングサの汚れを払い、鍋で一時間ほど煮込むと布でこす。

そこに砂糖を加えてよく混ぜ、エドガーに作ってもらった五百円玉くらいの丸い窪みがいくつもある型に流し込んだ。

「これで寒天の出来上がり。あとは……」

冷蔵庫からキウイやオレンジ、イチゴやマンゴーなどの果物を取り出して、小さく切ると寒天の中に入れる。

最後に冷蔵庫で冷やし、固まったらフルーツ入り寒天ゼリーの出来上がりだ。

まるで透明なドームのようなゼリーの中には、色鮮やかな果物が入っていて、きらきらと光っている。

私はインスタ映えしそう！と思いつつ、白いガラスの器に小さなゼリーをいくつも積んで綺麗に盛りつけた。

「試食です、おひとつどうぞ！」

フルーツたっぷりの寒天ゼリーをロズベルトさんや他の客に配る。

港に買い出しに行っているランディとバルド、オリヴィエの分は冷蔵庫にしまっておいた。

好評だったら、正式にランチワゴンのメニューに組み込もう。

「エドガー、休憩にしない？」

トレイを手に、私はランチワゴンの裏手に回る。エドガーはランチワゴンの下に上半身を突っ込んでエンジンの整備をしていた。

「その声は雪？」

ランチワゴンの下から、エドガーが出てくる。額の汗を拭いながら、私の持ったトレイの上にある寒天ゼリーを見て目を瞬かせた。

「宝石みたいで綺麗だ」

「これは寒天ゼリーっていうデザートだよ」

私は器とスプーンを渡して、エドガーの隣に座る。

照りつける太陽の下、自分の分の寒天ゼリーをスプーンですくった。

ふるふると揺れる寒天は日差しを受けてキラキラと輝き、本当に宝石のようだ。

冷え切ったゼリーを乾いた唇の間に滑り込ませて、舌でむにゅっと潰す。

その瞬間、キウイのほのかな甘味と酸味が口内に広がり喉が潤った。

「んう〜っ」

おいしさに悶えていたら、隣でエドガーがしみじみと呟く。

「さっぱりしてて、冷たくて……おいしいな。身体の中から体温を下げてくれるみたいだ」

「カイエンスは暑くて湿度も高いからね。こういうときって、生クリームたっぷりのケーキより、さっぱりしたものが食べたくならない？」

「けーき？」

不思議そうに聞き返すエドガーに、異世界にケーキはないのだと衝撃を受ける。私的には死活問題だ。

「え、ないの⁉　スポンジに、こう白くてふわっとしたクリームが載ったやつなんだけど。甘くてふわふわで、フルーツとかトッピングされてたりするんだけど！」

嘘でしょ、ケーキがないなんて悲しすぎる。そういえばリックベル商店にも日本にあるようなチョコレートやクッキーの類は置いていなかった。異世界の人たちって、どんなスイーツを食べてるんだろう。

「それってもしかして、『ケーク』のこと？　生クリームを使ったデザートって言ったら、それくらいしか思いつかない」

エドガーはいったん皿を工具箱の上に置き、設計図の端にケーキのような絵を書いて見せてくる。

「そうそう！　ここではケークって言うんだね。生クリームは普通にあるんだ」

うーん、日本と異世界の食べ物が混在してて頭が混乱しそう。そういえば、お母さんのレシピにもふたつの世界の材料が書かれてたっけ。本当にこの異世界って、なんなんだろう。

「でも、俺は雪が作ったものがいい」

エドガーの声で我に返る。きっと他意はない。わかってはいるが、コミュ障なのにときどきストレートに言葉を伝えてくるから心臓に悪い。私は速まる鼓動に気付かないふりをして、寒天ゼリーを口に運ぶ。

エドガーも私のデザートをお気に召してくれたのか、あっという間に平らげた。

小腹を満たしたあと、ひと休みとばかりにふたりで雲ひとつない青空を見上げる。

海のほうから吹いてきた風はかすかに潮の匂いがして、自分がものすごく遠いところまで来てしまったような気になった。

「ようやくニコニコ弁当屋が始動したけど、どう？　とりあえず動いてみた感想は」

エドガーの声に耳を傾けながら、私は質問の答えを考える。

元の世界のこと、お母さんの死。考えなければならないことが多く、これからどうすればいいのか悩んでいたとき、『納得がいくまで悩んで、答えが出るまでは、少しでも心動かされたことをすればいい』と、エドガーが背中を押してくれてから数ヶ月。

いざニコニコ弁当屋をはじめてみると、悲しいなんて感じる暇もなく毎日が充実していた。

「異世界に来るまでは、お母さんがいない世界で、これからどうやって生きていけばいいんだろうって不安でたまらなかったんだけど、今は夢だったランチワゴンを開けて、余計なこと考える暇もない」

「そっか」

「エドガーたちとの旅、すごく楽しいんだ。毎日なにかしら事件があるし、騒がしいし、飽きない！」

お母さんとの約束をきっかけにランチワゴンをはじめたけど、今はエドガーたち仲間がいてこそのニコニコ弁当屋だ。

私は空から隣にいるエドガーに視線を移し、はっきり伝える。

「ありがとう」

「お礼を言うのは俺のほう」

エドガーが私の目をしっかり見ている。いつの間に、こうして視線を合わせてくれるようになったのだろう。

「雪と出会ってから、俺の発明が役立ってるなって感じられることが増えた。そうしたら、少し自信もついてきて……人とも、話せるようになってきたと……思う」

「なってるよ！　最近、自分からも会話に参加してるよね。ランディには、まだ少し緊張してるみたいだけど」

ランディに話しかけられ、エドガーが動揺して急ブレーキを踏んだときのことを思い出す。

「うん、でもランディは明るいから。雪に似てて、俺は助かってる」

ランディと似てるかどうかは別として、助かってる？　どういう意味だろうか。

「そばにいて、きみの明るさに引っ張られていくのを感じてるんだ。ランディは、気付いたら輪の中に引き込まれてるって感じ」

そんなふうに思ってたんだ。最初は私が隣にいるだけで『離れて』だの『距離が近い』だのと騒いでいたのに、今は横にいることを受け入れてくれている。

エドガーとの心の距離は、少しずつだが確実に縮まっている。他の仲間とも、そうなれるといいなと思っていると、ロキが私たちのところにやってくる。

「邪魔しちゃって、ごめんなさいね。雪、お客さんが来たわ」

「あ！　ひとりで店番させちゃってごめんね。すぐに行きますっ」

私は寒天ゼリーが入っていた空のお皿をトレイに載せて持ち、勢いよく立ち上がる。

すぐにランチワゴンのほうへ足を踏み出したのだが、大事なことを思い出してエドガーを振り向く。

「いつもランチワゴンを整備してくれて、ありがとう。でも、ときどき休憩はしてね。エドガー、集中すると寝ないし、ご飯も食べ忘れるくらい没頭しちゃうんだから」

念を押すとエドガーは後頭部に手を当て、「わかりました」と苦笑いしていた。


カイエンスに来てから二週間、最初はお弁当がどんなものか想像がつかないからか、客はぽつぽつとしかこなかった。だが、あのふっくらあさりご飯と、タラのフリット弁当を初めに食べた漁師の男性が仲間に広めてくれたのだろう。口コミ万歳！という感じで漁師やその家族を中心にニコニコ弁当屋は満員御礼、大繁盛だ。

長い列になっていた客をようやくさばききったとき、ロズベルトさんが意気消沈した顔でやってくる。

「おお、たしかあんた、今日試験日じゃなかったか？」

接客をしていたランディが真っ先に声をかけているのが見えた。

なにがあったんだろう。

私は最後のお客さんにお弁当を渡し、テーブル席に腰かけた彼のところへ向かう。

「それが……別の受験生に教えてもらった試験会場が嘘だったんです。行ったらもぬけの殻で……」

耳を疑うような報告に、私とランディの「え!?」という声が重なる。

「急いで役所に行って確認したら、馬車で一時間のところに会場があるってよ。試験はあと四十分ではじまるってのに、もう今からじゃ間に合わない……」

悔しげに唇を噛み締める姿を目の当たりにしたランディは、渋い顔をして腕を組むと腹立たしそうに舌打ちをした。

「なるほどな、ライバルを減らしたかったってわけか」

あんなに勉強をしていたのに、こんな形で終わってしまうなんて。一番悔しいのはロズベルトさんだよね。

彼が頑張っているところを見ていたからこそ、私もつらい。どうにかできないか、と考えていると――。

「諦めるなと言っただろう」

背後から声が聞こえて振り向けば、肩に米袋を担いだバルドと野菜の入った袋を手にぶら下げているオリヴィエの姿がある。

「話は聞かせてもらいましたよ。競争相手の言葉を信じるだなんて、マヌケとしか言いようがありませんが、姑息な真似で人を蹴落とそうとする輩はそれ以上にグズです。試験会場までの最短ルートを探しましょう」

オリヴィエは荷物をランチワゴンに運び、地図を手に戻ってくる。

それをテーブルの上に広げ、赤いペンで目的地までの最短ルートを割り出した。

「この道を通れば十分は短縮できます。試験開始と同時に到着になりますね」

絶対に大丈夫とは言い切れない状況に皆の顔が曇ったとき、「どうかしたの？」とエドガーがやってくる。

コンロの調子がおかしくて修理を頼んでいたのだが、皆の様子がおかしいことに気付いたのかもしれない。

エドガーはスパナを手に持ったまま、不思議そうな顔をして私の隣に立った。

「実はね、ロズベルトさんが……」

事情を説明すると、エドガーは考え込むように顎に手を当てる。

「ランチワゴンなら、馬車の倍の速さで走れるよ。ただ、時速重視で造ってないから、途中で原動機がオーバーヒートするかもだけど、試してみる価値はあると思う」

「それ、ランチワゴンが使い物にならなくなる可能性があるということですか？」

オリヴィエの疑問にエドガーは頷いて、「雪、どうする？」と尋ねてくる。

ランチワゴンの製造には最低でも一ヶ月かかる。それに、ランチワゴンに積んだエドガーの工具だけでは、大がかりな発明は難しいだろう。

ようやくニコニコ弁当屋が始動したばかりなのに、エドガーが作ってくれたランチワゴンが壊れるかもしれないなんて……。

悩んでいると、肩に手が乗る。ゆるゆると顔を上げれば、すぐそばにエドガーのまっすぐな瞳があった。

「俺、できるよ」

その短い言葉の中には、『ランチワゴンが壊れても、また作るから安心して』というメッセージが込められているような気がした。

ロズベルトさんの試験は部品のように替えがきかない。ランチワゴンはエドガーがいれば、いつだって生み出せる。なら――。

「今日はこれで閉店。急いで試験会場まで行こう！」

苦渋の選択だった。不安がないといえば嘘になる。だが、涙ぐんでいるロズベルトさんを見れば、後悔などなかった。

こうして私たちは店じまいをして、オリヴィエが導き出した最短ルートで試験会場に向かったのだが――。

「うわあああああ⁉」

車内にはオリヴィエの悲鳴が響き渡っている。

それもそのはず、オリヴィエの最短ルートは登りと下りが激しい凸凹道で、普段は町民ですら通らない険しい山道だったのだ。

おかげでランチワゴンはガタガタと縦に横に大きく揺れ、シートベルトもないので身体が車内のあちこちにぶつかって痛い。それに、先ほどから胃の内容物がせり上がってくるような感覚がする。

「気持ち悪い……し、試験を受ける前に死にそうだ……」

ロズベルトさんの生気のない声を聞きながら、私は車内の心もとない手すりにしがみつく。

「スリルがあっていいじゃねえか！　ひゃっほーい！」

この状況で楽しめているのは、ランディだけだ。

道はどんどん狭まっていき、エドガーが「――くっ、掴まって！」と叫んだ瞬間、ランチワゴンの端が木にぶつかる。

エドガーは制御できないハンドルを力づくで振り切り、ランチワゴンは盛り上がった木の根に乗り上げるような形で停止した。

ふうっと息をついたエドガーは、申し訳なさそうに私たちを振り返る。

「皆、ごめん！　人影が見えてとっさに避けようとしたら、木を避けられなかった」

「人影だと？　この道は町の人間ですら滅多に通らないと聞いていたが」

不自然に言葉を切ったバルドの視線は窓に向く。

「いや、本当のようだな」

バルドは険しい顔で大剣の柄を握り、外へ出る。

それに続いて私たちもランチワゴンを降りると、見るからに荒くれ者だろう男たちがぞろぞろと木の陰から姿を現した。

「諦めの悪いやつもいたもんだなあ」

「……なるほど」

荒くれ者たちの反応を見たエドガーは、なにかに気付いた様子ですっと目を細める。

「きみたちはロズベルトさんに嘘の試験会場を教えた人間に雇われたんだね」

荒くれ者たちは「濡れ衣だなあ」「初対面でずいぶんなこった」と嘲笑うが、対するエドガーは冷静に言い放つ。

「それも、ロズベルトさん以外にも受験生を騙してる。罠だって早く気付いた人がこの道を通って試験に間に合ってしまわないように、念のため近道であるここで待ち伏せして襲うつもりだった。違う？」

図星だったのだろう。荒くれ者たちは、わかりやすいほど「だったらなんだ！」

「どのみち、ここから先に通すつもりはねえんだよ！」と逆上する。

「航海士の試験を受ける受験生の中に金持ちの子息がいるんだよ。受験生が少なければ、ちょっとくらい点数が低くても人員確保のために合格するからな。そのためにライバルは少ないほうがいいってわけだ」

洗いざらい自身の加担した犯行について吐くと、荒くれ者たちは小型のナイフを手ににじりじりと近づいてくる。

だが、エドガーが動じることはなかった。

「やっぱり。ロズベルトさん以外にも、罠にはめられて試験を受けられなかった受験生がいるんだね？」

「まあ、そういうことになるな」

その答えを聞いたエドガーは、バルドを振り返る。

「ここはロズベルトさんを試験会場に連れて行く組と、試験を受けられなかった者がいることを役所に報告する組とで、ふた手に分かれたほうがよさそうだね」

「ああ、そうだな。このような形で夢が潰えていいはずがない。ならば、ランチワゴンを運転できるエドガーはロズベルトを送ってくれ」

「わかった。じゃあ、役所に――」

エドガーがそう言いかけたとき、「呑気におしゃべりしている場合か？」と、荒くれ者たちが襲いかかってきた。

エドガーがホルスターから銃を引き抜くのと同時に、バルドは大剣を構えて荒くれ者たちと交戦する。

飛び交う矢がロキに当たりそうになったところをオリヴィエが地面を転がりながら間一髪で助けていた。

そうこうしている間に、私はしゃがみ込んで頭を抱えていたロズベルトさんに向かって「ランチワゴンに乗ってください！」と叫ぶ。

「無能だけどよ、無駄に人数が多いと時間がかかるんじゃねえか？」

鉤爪で敵のナイフを弾き飛ばしたランディが指示を仰ぐようにバルドとエドガーを見る。

「エドガー、お前は先に行け。ここは俺が引き受ける」

荒くれ者を大剣の柄で退治しながら、バルドはランチワゴンのほうへ顎をしゃくってみせる。

「ごめん、あとは任せる！」

そう言ってエドガーが私のところに走ってこようとしたとき、ガコンッと嫌な音を立てて地面が抜けた。

その瞬間、エドガーの身体が傾いて崖の下に落ちそうになる。

血の気がサーッと失せ、考える間もなく私は無我夢中で彼のもとへ駆けていた。

「こっちに来ちゃだめだ！」

エドガーの制止の声も聞かずにその胸に飛び込むと、すぐさま腰に腕が回る。

「ぐっ……雪、俺から手を離さないで」

不安定な足場にも関わらず、エドガーは銃のボタンをカチッと押す。

外装の側面に刻まれたラインが緑色に光り、エドガーは引き金を引いた。

その瞬間、銃口からはワイヤーのようなものが飛び出し、空中で先端の槍がフックのように四方に広がると崖壁に食い込む。

落下は防いだものの、私たちの身体はブランコのように左右に揺れて硬い崖壁にぶつかりそうになった。

だが、エドガーがとっさに私と壁の間に身体を滑り込ませて、クッションになる。

「ぐうっ」

背中で衝撃を受け止めたエドガーは痛みに顔を歪めて、うめき声をあげた。

「エドガー！」

泣きそうになりながら名前を叫ぶと、エドガーはすぐに苦悶の表情を消して「大丈夫」と力強く答えた。それから宙ぶらりんの状態で崖の上を仰ぎ、バルドに向かって声を張る。

「俺たちはそっちに上がれそうにないから、役割を交代しよう！　俺は雪と一緒に町に戻って役所に向かうよ」

「了解した。運転は見様見真似でやってみるしかなさそうだな。お前たち、絶対に死ぬなよ！」

バルドの返答に頷いたエドガーは、私を片腕で抱えたままゆっくりとワイヤーを伸ばしていき、地面に向かって降りていく。

足が地面につくと同時に、恐怖で膝が笑ってしまった私はへなへなと座り込んだ。

「大丈夫？」

エドガーは私の顔を覗き込むように腰を屈め、手を差し伸べてくれる。

その手を取って立ち上がろうとしたとき、エドガーは顔を顰《しか》めた。

「もしかしてエドガー、どこか怪我したんじゃ……」

「へ、平気」

口では強がりながら、エドガーは肩を押さえて地面に膝をつく。その背中に手を添えれば、白衣にじんわりと赤いシミが滲んできた。

私は手のひらにうっすらと付着した鉄サビの匂いがする液体を見下ろして、唇を震わせながら呟く。

「嘘……これ、血？」

「思いの外、崖壁がゴツゴツしてたみたいだ。打撲くらいで済んだと思ってたんだけど、どっか切れてるのかも」

たいしたことないように言うが、素人目で見たって結構な怪我だとわかる。

「わ、私はどうしたら……」

私はエドガーのそばに腰を落としたものの、なにもできずにいた。

「大丈夫、今は急いで役所に行かないと」

そう言ってエドガーは立ち上がるも、痛みが強いのか額にびっしり汗をかいている。

「そ、そんなに血が出てるのに、大丈夫なわけないよ！」

混乱して、つい怒鳴ってしまう。自分でも動揺が隠せず、血の気が引いて冷たくなる両手を胸の前で握りしめた。

「ごめん、俺、考えが足りなかった。発明家になる前は怪我が絶えない仕事してたから、本当にこれくらい大したことないって思ってたんだ」

エドガーはやわらかな口調でそう言うと、私を抱きしめて背中をトントンとあやすように叩く。

「応急処置だけしておくことにする。雪、手伝って」

「わ、わかった！　なんでも言って！」

私はエドガーを支えつつ、水の音がするほうへ足を進める。少しして、流れの穏やかな川を見つけた。私は大きめの石の上にエドガーを座らせ、川べりにしゃがみ込む。

「ハンカチに水をたっぷり含ませたら、絞らないで持ってきて」

エドガーの指示通り、濡らしたハンカチを手に彼の元に戻る。

「これでいい？」

ハンカチを見せると、「ん」と頷いてエドガーが白衣を脱ぐ。中に着ていたシャツは肩が痛んでうまく上げられない様子だったので、捲るのを手伝った。だが、露わになった背中を見て、私は言葉を失う。

「背中の上で、ハンカチを絞ってくれる？」

エドガーに返事ができない。エドガーの背には岩で抉られたような擦り傷がいくつもあり、あまりの怪我の酷さにハンカチを持つ手が震えた。

「雪？」

これは酷い怪我だ。

崖壁にぶつかったとき、本当は私を気遣う余裕なんてなかったはずだ。

それなのに平気なふりをしたのは、私を安心させるためだろう。

「エドガー、守ってくれてありがとう」

涙に滲む目を手の甲でごしごしと拭い、私はエドガーの背中の上でハンカチを絞る。

そこから出た水で傷口を洗い、旅の必需品だからとオリヴィエが一人ひとりに持たせてくれた傷薬と包帯をポシェットから取り出した。

「包帯は俺がやるから」

擦り傷に薬を塗り終えると、エドガーは手際よく包帯を巻いていく。

怪我の手当て、慣れてるんだな。発明家になる前は怪我が絶えない仕事していたと言っていたけれど、いったいなにをしてたのだろうか。

でも、彼が話さないのであれば聞くときではない。私は旅の初めに踏み込みすぎないと約束したことを思い出して、尋ねることはしなかった。

「ありがとう、雪」

エドガーはお礼を言いながら白衣を羽織った。

私は立ち上がったエドガーを支えつつ、カイエンスの町があるほうへ足を向ける。

「エドガー、ここ岩場だから転ばないようにね」

「うん」

私たちは下流のほうへ進んでいく。そうして二十分ほど歩き、ようやく町の入り口までたどり着くと通行人に場所を聞きながら役所までやってきた。

「本日はいかがされましたか？」

窓口のお姉さんが笑顔で尋ねてきたので、早々にエドガーが本題を切り出す。

「今日、隣町の港で航海士の受験がありますよね。その受験生の数人が同じ受験生に嘘の試験会場を教えられ、試験を受けられていません」

「ええっ、すぐに確認いたします」

慌てた様子で窓口のお姉さんは部屋の奥へ走っていく。入れ違うように、強面の五十代くらいの男性が私たちのところにやってくる。

「初めまして、私は各資格登録責任者をしております。お話は先ほど、窓口の者から聞きました」

「彼らはどうなるんですか？」

「わざわざ来ていただいて申し訳ないのですが、試験場所をきちんと把握していなかったのは受験生自身の責任です。ですので、こちらでできることはなにもございません」

役所の男性はテンプレートな回答で救済措置はないと突っぱねてくる。

たしかに自業自得の部分も否めないので仕方ないとは思うが、あまりにも淡々とした対応に絶句していると、隣にいたエドガーが一歩前に出る。

「ただ試験場所を把握していなかったのであれば、受験生自身の責任になるのもわかります。でも、問題を起こした受験生はならず者を雇い、実際に受験生を襲わせています」

「な、ならず者？」

目を剥く役所の男性に、エドガーは「はい」と強い言葉で説得を続ける。

「そこまで念入りにライバルである受験生を蹴落とすような人間です。嘘も巧妙だったに違いありません」

「そんな事態になっていたとは……。とはいえ、試験会場まで時間通り安全に到着するのも、受験生の責務です。航海士は遅刻すれば船には乗れない。今回はなにがあっても乗船時間に集まる。そういった航海士としての心構えも含めて、救済措置をとる必要はないと考えています」

それだけ言って去ろうとする役所の男性の背中に、エドガーは「心構えとおっしゃるなら」と声をかけた。

「ならず者を雇うような素行の悪い者に受験資格を与えるのは、航海士の素質に影響はないと？」

いつもの温厚な彼からは、想像できないほどの威圧感。

振り返った役所の男性は、痛いところを突かれたとばかりに苦い顔をしていた。

「ないとは言えませんが、第一、その話は本当なのですか？　嘘に付き合うほど、こちらは暇ではありません」

これ以上、反論できることがないからか、役所の男性はついには話の信憑性についてネチネチと言いはじめる。

エドガーは、ぼそっと「これだから、人間って面倒くさいんだ」と呟いていた。

「役所は町民の納めた税で成り立ってる。その町民が助けを求めに来たとき、きみはその話に信憑性がないからと追い返すのか？」

エドガーの言葉遣いが変わる。

周囲にいた町民たちにもエドガーの声が聞こえたのだろう。非難の眼差しが、役所の職員に集まっていた。

「きみ、もっと声を潜めてくれないか。私がいつも、町民を疑いながら対応をしていると勘違いされるだろう！」

役所の男性は窓口のカウンターに身を乗り出して、小声で文句を言いながら額の汗を何度も拭う。

「現に今、疑ってる」

エドガーは白い目を役所の男性に向け、ズバッと言い切った。

「そ、それは言葉の綾だ」

「じゃあ、信じてくれたってことでいい？」

「信じた、信じました。まったく、今日は厄日ですよ。今日試験を受けられなかった受験生には再試験を受けられるように手紙で知らせを出します。虚偽の情報を流した受験生に関しては、問答無用で失格。これで、文句ありませんね？」

最後はキレ気味だったが、役所の男性は騙された受験生たちが報われるよう手配してくれるようだ。

やるべきことを終えて役所を出ると、隣にいたエドガーが白衣を頭に被る。

「役所の人間って、なんであんな頭固いの。ああ言えばこう言う、面倒くさい。もう二度と、関わり合いになりたくない」

一応、あの白衣で隠れているつもりなのだろうか。返って目立つ気もする。

「エドガーって、ときどき人が変わるよね。なんか、言葉に説得力があるっていうか、人を説き伏せる力があるって言うか……」

「そ、そうかな？　あ、俺たちも試験会場に行こう」

褒められ慣れていないのか、エドガーは急に視線を彷徨わせて話題を変える。

「バルドがいれば大丈夫だとは思うけど、皆のことが心配だ。ロズベルトさんがどうなったのかも知りたいし」

早口でそう言って、エドガーは片手を上げた。通りかかった空車の馬車を止めると、私を先に乗せて自分はあとから隣に座る。

さすがに馬車の御者の人には危険な山道を通らせるわけにはいかないので、時間をかけて安全な道から航海士の試験会場に向かった。

目的地に到着する頃には日が暮れていた。

会場である港には試験終わりの受験生たちがぞろぞろと集まっていて、私たちは仲間の姿を探す。

すると、海岸にあちこち凹んだランチワゴンが停まっていた。そのそばには、探していた人たちの姿がある。

「皆、無事だったんだね！」

大きく手を振りながら近づいていけば、皆の顔が安堵したように緩む。

「そっちこそ、合流するのが遅いんですよ。崖から落ちて、死んでしまったかと……」

オリヴィエは、こっそり涙を拭っていた。

私がエドガーと顔を見合わせて笑みを交わしていると、いつの間に足元にやってきたのか、ロキが心配そうに見上げてくる。

「あなたたちは、怪我してない？」

「私はエドガーが守ってくれたから大丈夫。だけど、エドガーが怪我しちゃって……」

事情を説明していたのが、オリヴィエの耳にも入ったようだ。「はあ⁉」と勢いよくエドガーを振り向いた。

「こっちはいいから、病院に行きなよ！」

感情的になっているからか、敬語を忘れたオリヴィエにエドガーは眉をハの字にして肩をすくめる。

「心配かけてごめん。雪に手当てしてもらったから大丈夫。それより、ロズベルトさんは試験に間に合ったの？」

「おう、ギリギリセーフでな」

砂浜にしゃがみ込んでいたランディが膝の上で頬杖をつきながら教えてくれる。

ひとまず安堵して、私はエドガーと顔を見合わせると同時にほっと息をつく。

とはいえ、嘘の試験会場を教えられ、ならず者に襲われる。イレギュラーな事態に巻き込まれた受験生たちは、平常心で試験はできなかったはずだ。

焦っていると普段はしないようなミスをしたりする。今回の一件を起こした受験生のしたことは決して許されない。

エドガーも同じ気持ちだったのか、役所の対応について報告しはじめる。

「役所は騙された受験生たちが再試験を受けられるように手配してくれた。問題の受験生も失格になる」

「ならず者たちはロズベルトを一刻も早く試験会場に送る必要があったからな。縄で縛って山道に置いてきた。カイエンスの兵に身柄を確保するよう頼んである。直に捕まるだろう」

バルドが私たちがいなくなったあとのことを話していると、どこからか「おーい」という声が聞こえてくる。

視線を周囲に巡らせれば、遠くからロズベルトさんが駆け寄ってくるのが見えた。

「はあっ、はあっ……まだ、ここにいてくれてよかった！」

ロズベルトさんは苦しそうに腰を屈めて、膝に手をつく。やがて息が整うと、私たちに向き直って勢いよく頭を下げた。

「おかげさまで、試験に間に合った！　今日だけのことだけじゃなくて、腐ってた俺に、喝を入れてくれてありがとうな！　もしダメでも、この身体が動くうちは何度だって挑戦するよ」

そう言って、顔を上げたロズベルトさんは晴れやかな表情をしていた。

何度も頭を下げて帰っていく彼の背中を見送りながら、私は目の前にある黄昏の海に視線を移す。

「あー……お腹すいたなあ」

思い返せば、昼からなにも食べていない。エネルギー切れを起こした私は、その場にペタンと座り込む。

「それ、夕日に染まる海を見ながら言うセリフですか？　ムードもへったくれもないですね、あなたは。ここはもう少し、彼の門出をしみじみと喜ぶべきでは？」

また、オリヴィエに〝この食いしん坊が〟と言いたげな目で見られる。これも、もう慣れたものだ。気にしない、気にしない。彼の罵倒は息をするのと、そう大差ないのだ。

「肉にしようぜ、肉。前に雪が作った肉巻きの具を、いっそ肉にしたら肉々しくて最高じゃね⁉」

ロキの耳を持ち上げたり下げたりしていたランディが名案とばかりに叫ぶ。

「肉肉うるさいですよ！　あと、発想がバカすぎます。ですが、旗が乗ったハンバーグ、でしたか？　それなら肉料理でも手を打ちましょう」

お母さんのレシピ本は日本語で書いてあるはずなのだが、この世界の人たちには読めているようで、前にオリヴィエが私のレシピ本を見ていたことがあった。そのときやたら食いついていたのがハンバーグだ。カイエンスの滞在中に作ったのだが、気に入ってもらえたようだ。

あとはパンケーキのレシピを見て目を輝かせていたので、今度作ってみよう。

「お前たち、食べ物以外で話すことはないのか」

呆れているバルドに、「自分だけ澄ました顔しちゃって、俺は知ってんだからな」とランディがニヤニヤしだす。

「雪の寒天ゼリー食って、無言で感動してたくせに」

「カーヒーにも砂糖とミルクをドバドバ入れていますしね。実は甘党ですよね、バルドは」

カーヒーは、異世界のコーヒーみたいなものだ。カーヒー豆を焙煎して挽いた粉末から湯で抽出する。

「なんのことだ」

反撃とばかりに、ふたりに甘党であることをバラされたバルドの顔は赤い。目を閉じてしらばっくれることに決めたらしい。

「エドガーは、なにかリクエストないの？　言うだけタダだよ」

先ほどから静かに皆のやりとりを眺めているエドガーに尋ねると、「なんでもいい」と興味なさげな答えが返ってくる。

「なんでもいいって、なにかないの？」

もしかして、これまで作った食事はエドガーを唸らせるほどの出来ではなかった？

「どれもおいしいから。雪の料理なら」

「え――」

ザブンザブンと寄せては返す波の音にさらわれてしまいそうなほど小さな声。夕食の話題で盛り上がっている仲間たちも気付いていない。いつもとは違って、少しくすぐったい空気。私は高鳴る鼓動に息苦しさを覚えながら、エドガーの横顔を見つめていた。


あのあと、私たちはボコボコになったランチワゴンで最初に訪れたカイエンスの町に戻った。

エドガーがところどころ凹み、剥がれたランチワゴンの外装を修理する間、私は残りの仲間たちとニコニコ弁当を販売して過ごしている。

滞在してまだ数週間だというのに常連までできて、今日も売り上げは上々だ。

午前中にすべてのお弁当を売り終え、私はお昼休憩のあとにキッチンに立つ。午後は店を閉じて、見事試験に合格し、海に旅立つロズベルトさんを見送りに行くのだ。そのお祝いの品として、これから特別なお弁当を作る。

「雪、頼まれていた鯛を仕入れてきましたよ。私が選んだものですので、味の保証はします」

お使いで港に行っていたオリヴィエが戻ってくると、ランディが木箱の中に入っている鯛をまじまじと観察する。

「なんで、これがいい魚だってわかるんだ？」

「鯛はよく泳ぐ魚ですから、尾びれが大きく育っているか、固い貝を食べるので顎が丸く発達しているか、歯が鋭く固いかを見れば一目瞭然です」

「へえ、今度俺もついていってていいか？　教えてくれよ、うまい食いもんの見極め方」

興味津々のランディに頼られてくすぐったかったのか、オリヴィエは頬を赤らめて「別に、かまいませんよ」と素っ気なく返事をした。

素直じゃないな、と小さく笑いながら私はといだお米と昆布を炊飯器の窯に入れて一時間ほど置く。

その間に鯛の下処理をするため、まな板の上に載せた。

「鱗とエラと内臓を取らないとね」

まずは尻尾から頭に向かって包丁で鱗を削ぎ落とし、エラと身体を切り離したら、くり抜くみたいに引き出す。

続いてお腹を開き、内臓を取ると水で鯛の内側を洗った。

最後にヒレと尾びれをカットすると、身体に二本ほど切り目を入れて塩をまぶし、焦げ目がつくくらい焼く。

その間に窯へ酒と醤油代わりのプランブランを大さじ一杯、塩と砂糖を小さじ一杯入れてあらかじめ漬けてあった昆布の上に鯛を載せると炊飯器のスイッチを押した。

すると、店の看板を片付けていたバルドがランチワゴンに戻ってくる。

「雪、今度はなにを作っているんだ？　もう少ししたら、ロズベルトの見送りに行く時間だろう」

「鯛飯だよ。赤い色は邪気を払うって言われてて、私の国では鯛はめでたい日に食べられてたんだ。だから縁起物づくしのお弁当を贈りたいなって」

私はご飯が炊けると、鯛が入る大きめの木製のお弁当箱に入れた。

仕上げに軽く叩いて香りを出した木の芽を鯛飯の上に飾り、その脇には長寿の意味があるエビと枝豆のサラダを添えた。

ドレッシングはエドガーの作ったミキサーでペースト状にした玉ねぎと醤油代わりのプランブラン、酢と似た強い酸味のある『ズウ』、オリーブオイルに砂糖、レモン汁と塩コショウで作った和風風味のものだ。

「で、これは出世の意味があるブリ！ 成長とともに名前が変わるから出世魚って呼ばれるんだよ。全部私の国ではそう呼ばれてるって話なんだけど、こういうのは気持ちの問題だから」

私はそのブリとしいたけ、赤と黄色のパプリカ、ブロッコリーの甘酢あんかけを作って一緒にお弁当につめた。

「これで祝いメシの『鯛飯』弁当の出来上がり！ よし、ロズベルトさんのところに行こう」

私たちはランチワゴンを走らせて、貨物船が停泊している港に向かった。

港に到着すると、お弁当を手にロズベルトさんを探し回った。

すると、「おーい！」という声が聞こえて、私たちは目の前にある大型船を見る。

船の搭乗口に続くタラップの前で、男性が私たちに手を振っていた。ロズベルトさんだ。金の肩章がついた真っ白な航海士の制服に身を包み、船の錨のマークがついた帽子を被っている。

彼に近づくと、ランディがすかさず肘でつついた。

「あの酔っ払いがここまで昇進するとはねえ。すげえじゃねえか」

ランディにからかわれたロズベルトさんは頬をぽりぽりと指先でかきながら、照れ臭そうにはにかむ。

「あんたたちには恥ずかしいとこばっか見られてるな。でも、こうして晴れて航海士になれた。家族も鼻が高いって言ってくれて、本当にあんたたちのおかげだよ」

「きっかけは誰かの言葉かもしれないが、諦めるか戦うかを選んだのはお前自身だ。もっと自信を持て」

「バルドさん、俺、航海士になって、また新しい目標ができたんです。今度は船長を目指すよ。そんでいつか、あんたたちに俺の指揮する船に乗ってもらいたい」

乱反射する海に劣らないほど眩しい笑みを浮かべて、ロズベルトさんははっきりと夢を口にする。

いつか、彼の指揮する船に乗りたどり着いた異国でランチワゴンを開けたらいい。

そんな想像を膨らませていたら、オリヴィエに「あれを渡さなくていいんですか」と耳打ちされた。

「ロズベルトさん、これ……」

私は布に包んだ鯛飯弁当を差し出す。それを不思議そうな顔で受け取ったロズベルトさんが「開けていいか?」と尋ねてきたので、私は頷いた。

ロズベルトさんは、わくわくした様子でカパッと蓋を開けた。中身を見た途端に「おおっ」と弾んだ声をあげ、お弁当箱に鼻先を近づける。

「鯛か！　この弁当、海の匂いがするな」

「ロズベルトさんの門出を祝いたかったんです」

「嬢ちゃん、これは船の中で大事に食べるな。あと、あんたたちのことは忘れないからな。ちゃんとここで覚えておくよ」

ロズベルトさんは息を詰まらせて、胸に手を当てた。

それから大事そうにお弁当箱を抱えて船のほうへ歩き出そうとしたのだが、なぜかもう一度こちらを振り返る。その顔は、涙でぐちゃぐちゃだ。

「お前ら〜っ、次にカイエンスに来たら港に寄ってくれよ！　絶対だからなー！」

そう言って、何度も振り返りながら搭乗口に向かうロズベルトさんを見ていたオリヴィエは「早く行ってくださいよ！　気が散ります！」と言いつつ、瞳を潤ませる。

意外と涙もろいタイプなのかもしれない。

ロズベルトさんが船に乗り込むと、空気を震わせるような汽笛が鳴る。私たちは出港する船が地平線の彼方に消えるまで見送った。

Menu4　ほっこりメシは『サーモンパイ』弁当

数週間、カイエンスに滞在した私たちは次の目的地に向かっていた。別大陸にある砂漠の国――ガラシャバラだ。ロズベルトさんを見ていたら、さっそく海の向こうに行きたい衝動にかられ、メンバーの総意で決まった。海を渡らなければならないので、今はこのランチワゴンを運べる大型貨物船が停泊しているという港に向かっている。

その港は同じカイエンスにあるのだが、最初に拠点にした町よりうんと離れているため、目的地まで半分まで来た私たちは森の中で野宿することになった。

「皆、チキントマト鍋ができましたよ～」

夕暮れどき、私はロキと一緒に夕飯を作っていた。

ランチワゴンのコンロは使わず、三脚で焚き火の上に鍋を吊るして料理をしたのだが、火加減が難しい。

でも、それがまた新鮮で野宿のときは必ずこの方法をとっていた。

三脚は騎士の遠征でバルドが使っていたもので、旅に必要だろうと持参していたのを借りている。

「コンロがあるのに、なんでわざわざ焚き火で料理なんかしたんです？　効率が悪いじゃありませんか」

ニコニコ弁当屋の売上を記録していたのか、帳簿を手にオリヴィエがやってくる。材料の在庫管理やお弁当を売るプロモーション戦略はすべて彼が指揮をとっている。おかげさまで、開店から間もないが赤字にはなっていない。

「アウトドア気分を楽しもうかと」

「あうと、どあ？」

異世界の人にはアウトドアという言葉に馴染みがないらしく、オリヴィエの目が点になっていたので私は慌てて言い換える。

「野外で料理なんて滅多に経験できないし、せっかくだから原始的な料理作りを味わおうと思って」

「原始的？　野外での料理なんて、遠い町に足を運ぶときはさほど珍しくはないでしょう」

「あ、ははは……」

私の世界ではキャンプやバーベキュー以外で、野外で料理する人なんて滅多にいないんだけどな。

笑って誤魔化そうとしたら、オリヴィエは怪訝な面持ちで私の顔を凝視する。

「あなた、ときどきよくわからない言葉を使いますし、見たことない料理も作りますよね。当初はお金も持ち合わせていなかったようですし、どこの生まれなんです？」

「それは……」

エドガー以外の人には自分の素性を明かしていなかったので、いつかは聞かれると思っていたけれど、いざそのときが来るとどう説明したらいいか悩む。

言い淀んでいる私にオリヴィエは、はあっとため息をついて軽く睨んでくる。

「あなたもですか。エドガー同様、なにかやましいことがあって話せないとか？」

「話してもいいんだけど、多分信じないんじゃないかな」

「やけにもったいぶりますね。信じるか信じないか、それを決めるのは僕です。いいから話してみなさい」

尋問官のような圧を放つオリヴィエ。私は半ばやけくそな気持ちで、お母さんの葬式の日に遺品のレシピ本が光を放ち、気付いたら異世界に来ていたことを洗いざらい話した。

案の定、オリヴィエは〝あなたの頭大丈夫ですか？〟と言いたげな顔をしている。

「ほら、疑ってる！」

「どう信じろって言うんですか、そんなおとぎ話！」

ガヤガヤと私たちが言い合っていたとき、「お嬢ちゃん、異世界から来てたのかあ」と誰かが話に割り込んでくる。

オリヴィエと一緒に振り返ると、そこにはいつの間に集まっていたのか、ランチワゴンの調整をしていたエドガーと、薪を拾いに行っていたバルド、魚を釣りに行っていたランディの姿があった。

「にわかに信じがたい話ではあるが、雪はどこか浮世離れしているからな。違う世界から来たと言われても、妙に納得できる」

バルドは驚きもせずに集めてきた薪を足元に置き、そばにやってきて「手伝おう」と私の手から器とおたまを取る。

「バルドは私の話を信じてくれるの？」

「俺は雪が何者なのか、そんなことはどうでもいいと思っている。あの森で出会った日から今まで、俺が見てきた雪を信じているだけだ」

その言葉に胸がじんとして、私は「ありがとう」と掠れた声で返事をした。

「ま、まあ。嘘をつけない人間であることは、これまでのあなたを見ていればわかります。僕だって、信じてないわけでは……」

口ごもるオリヴィエの首にうしろから腕を回したランディは「素直じゃねえなあ」と豪快に笑った。

自分を受け入れてくれているのだとわかって、私は救われたような気持ちになりながらバルドがついでくれた器の中のチキントマト鍋に視線を落とす。

トマトスープの中にゴロゴロと浮くのは鶏手羽先と、切らずに丸ごと入れた玉ねぎ、スライスしたベーコンにしいたけだ。

木のスプーンでスープをすくって口に運べば、ふんわり香るニンニクに、身体に染み入る酸味。

円形を保ったままの玉ねぎにスプーンを当てれば、溶けるように崩れてトマトスープとチーズによく絡む。

「チーズをスープに入れる発想はなかったな。鶏手羽先の脂もスープによく溶けてて、濃厚なのにさっぱりしてる」

やわらかな鶏手羽先の肉に歯を立てて、ゆっくりとかみ切ったエドガーは「ん、おいしい」と私を見て感想をくれる。

エドガーはご飯を食べるときと発明のときは、よく喋るな。

そういえば、私、異世界に来てから食欲が戻った気がする。お母さんが死んでから数日間は、食べることが好きだったはずなのにお腹が空かなかった。

だが、自分の作った料理を『おいしい』と言って食べてくれる人がいるというだけで、こんなにも料理がおいしくなるのだと今気付いた。

「ここに来て、よかったな」

「雪、なんか言った？」

私の呟きに気付いたエドガーが手を止めて、こちらを向く。

「ううん、なんでもない」

私は首を横に振って、トマトスープに口をつけた。


夕飯を食べ終えた私は近くの泉で水浴びをすることにした。

女がひとりでは危ないからと、エドガーが少し離れたところで番をしてくれている。

「ううっ、冷たい」

何度か野宿をした際にこうして川や泉、湖で水浴びをすることはあったのだが、どうも慣れない。

外だから落ち着かないし、南国であろうと水に浸かるのは寒い。

蛇口を捻ってすぐに、お湯が出てくるありがたみを異世界に来て初めて知った。

町の宿に泊まれば温かいお風呂に入れるのだろうけれど、町から町へ国から国への移動中はどうしても野宿になってしまうので仕方ない。

エドガー、お風呂作ってくれないかなあ。

なんて、置く場所ないからそれは無理かと苦笑いしていたとき、ガサガサッと泉を囲む茂みが揺れた。

「え、誰？　エドガー？」

腕で自分の胸を隠しながら首まで水に浸かる。私が呼んだからか、エドガーが声をかけてくる。

「雪？　どうしたの？」

私は周囲を見渡して誰もいないことを確認する。

おかしいな、動物？

なにはともあれ気持ちが悪いので、いそいそと泉から上がる準備をする。

「ご、ごめん。気のせいだったみたい！　もう上が――」

上がるね、と言いかけたとき、茂みから人影が飛び出してきた。

「やっと見つけたーっ」

叫び声とともに、バシャンッと大きな物体が私のいる泉に落ちてくる。

大きな水しぶきがあがり、頭が真っ白になった。裸のまま固まっていると、水面がぶくぶくと泡を立てる。

なに、あれ。

底から影が浮き上がってくるのが見えて、目を凝らしながら顔を近づけると――。

「ぷはーっ、まさか泉に落ちるとは、びっくりしました」

水面から顔を出した人影――男は、にこやかな笑みを浮かべて軽く手を上げる。

彼はローブの下に白のブラウスと茶色のズボンを身に着け、黒革のブーツを履いていた。

いや、この際服装なんてどうでもいい。

今重要なのは、見知らぬ男と裸で対面しているということだ。

私は深呼吸をしてから、ありったけの空気を吸い込んで叫ぶ。

「ぎゃあああああっ、変態いいいいいいっ」

私の声が夜の森に響き渡り、すぐにエドガーが駆けつけてくれる。

「雪!?」

「エドガーっ、変態がいる！」

私は自分が裸なのも忘れて、死に物狂いで水を掻きながらエドガーのもとへ走る。

エドガーは一瞬、私の格好にぎょっとした顔をしたけれど、すぐにそれどころではないと思ったのだろう。

視線を逸らしながら私を泉から抱き上げ、着ていた白衣で包む。

「事情は聞く。ただし納得できない内容なら、きみをしかるべきところに突き出す」

私を抱き寄せたまま、エドガーは変態男を厳しい眼差しで見据える。

男はようやく自分の置かれた状況がわかったのか、慌てて無実だとばかりに両手を上げた。

「これは不可抗力でして、あなた方を探していたら小石に躓《つまず》いてしまい、気付いたら泉の中にドボンしていたのです！　断じて覗きをしようとしたわけでは……でも、眼福ではありましたね」

「そう、よくわかったよ」

エドガーは眼鏡をキラリと光らせて、ホルスターから銃を引き抜くと男に照準を合わせた。

銃口を向けられた男は両手を前に突き出し、必死に助けてくれとばかりに何度も首を横に振る。

「いやいやいやいや！　わかってないですって！　無実です、ただちょっと肌のキメが細かくて綺麗だなあとか、胸が意外と大きいなあとか……」

「もう黙ってくれないかな。雪が怖がる」

エドガーがカチリと銃の安全装置を解除したとき、数人の足音が近づいてきた。

「雪、さっきの悲鳴はなんだ⁉」

ランディの声とともに、バルドやオリヴィエが茂みから姿を現す。

エドガーは彼らから隠すように、裸の私をさらに強く引き寄せてくれたのだが、さすがに気付かれてしまったらしい。

白衣一枚しか纏っていない私と泉に浸かったままの男を交互に見比べ、おそらく皆同じ解釈をしたのだろう。

「この落とし前、どうつけるつもりだ」

ただでさえいかついバルドの顔は、そこら辺のならず者よりおっかない。肩にはロキを乗せていて、大剣を背負った大男とウサギの組み合わせがなお怖い。

「雪、安心しな。そこの変態野郎の頭から脳みそ根こそぎ掻き出して、我らがお嬢の裸の記憶を消し去ってやるからよ」

記憶どころか、存在自体を抹消する勢いでランディは両手の鉤爪をちらつかせる。

「こういうのは行政の力を借りるべきです。まず、そこのゲスを法務省に突き出しましょう。法で裁いていただいて、慰謝料をふんだくらなくては。彼女が受けた恥辱を思えば、謝罪などでは到底償いきれません」

淡々と社会から追放しようとするだけでなく、しっかり慰謝料をふんだくろうとするあたり、さすがは金の亡者。オリヴィエの報復が一番恐ろしいかもしれない。

「本当に違うんです！　命だけは助けてください～っ」

男はじわじわと皆に追い詰められていき、涙と鼻水を垂らしながら、情けない声で命乞いをしていた。

私はエドガーの白衣を胸の前に手繰り寄せ、警戒しながら尋ねる。

「じゃあ、あなたはどうして私たちを探してたんですか？」

「なんでも、ニコニコ弁当屋の料理人が作ったお弁当を食べれば、国を救えるほどの英気を養えるのだとか！」

誰だろう、そんなホラを吹いたのは。私、国を救った覚えはないのだけれど。

「おそらく、パンターニュ王国でバルドたちにお弁当を振る舞ったときのことを言っているんでしょう。噂に尾ヒレがついたようですね」

冷静に状況を分析するオリヴィエの声は、男には聞こえていないようで、人差し指を立てながら意気揚々と話す。

「カイエンスの町の人の話で、あなた方がここら辺にいるだろうことは予想できました。来てみたら大当たりでしたよ」

「そこまでして、ニコニコ弁当屋を追い回す理由はなんです？　お弁当が食べたいだけ、なんて嘘が通用するとは思わないでくださいね」

　オリヴィエの目がすっと細められ、鋭くなる。男の表情が一瞬固まったが、「そ、それはですね！」と引きつった笑みを浮かべながら続ける。

「ぜひ、領主様が力を貸してほしいと申しておりまして」

　どこかの領主様にまで噂が広がっているなんて思いもよらなかった私は、戸惑いながらも「力を貸してほしいっていうのは？」と聞き返した。

「実は領地であるロドンの町が雪崩《なだれ》に巻き込まれてしまいまして、私の主である領主のモナド様が大変心を痛めております。被災した町民たちを励ますため、ニコニコ弁当屋の力を借りたいとのことです」

「お前は主の命で、俺たちを連れて帰らなければならないわけか」

　バルドの言葉に、肯定するように男は頷く。

「はい、一ヶ月も探し回りました。どうか、フェルネマータ王国に来ていただけないでしょうか？」

「フェルネマータってたしか……」

その国名には聞き覚えがあった。

するとエドガーを見上げると、固く唇を引き結び表情を曇らせている。

エドガーが私の視線に気付いて、すっと目を逸らした。

「フェルネマータは雪山に囲まれた国だから、よく雪崩が起きる。雪、俺からもお願い。ロドンの町の人たちに、雪のお弁当を食べさせてあげてほしい」

「エドガーにとっては故郷だもんね。うん、一緒にロドンの町の人たちのためにお弁当を作ろう」

皆も異論なしとばかりに首を縦に振る。エドガーは皆の顔を見回して「ありがとう」と口元を緩めた。

「次の目的地も決まったことだ。そろそろランチワゴンに戻るぞ。雪、邪魔をしたな。ゆっくり着替えてくるといい」

バルドは「お前もついてこい」と領主の使いで来た男に視線を投げる。

「そうですよ。い、いつまでも、そんなみっともない格好でぷらぷらしないでください。目に毒です」

「おー？　眼福の間違いだろー？　赤くなって、オリヴィエもまだまだウブだなあ」

にやにやしながらオリヴィエに絡むランディ。そんな彼らには構わず、エドガーが地面に畳んで置いてあった着替えを私に渡す。

「そばにいるから、着替え終わったら声かけて」

「ありがとう」

悪気はないとはいえ、さっきのように見知らぬ人間に裸を見られるのはもうこりごりだ。エドガーの申し出は、ありがたかった。

皆がランチワゴンに戻ると、エドガーが近くの茂みの向こうに腰を下ろしたのがわかった。

私は急いで着替えて、「もう大丈夫だよ」と声をかける。

「今日は災難だったね」

すぐにそばにやってきたエドガーは、私の手から白衣を受け取ると、そのまま羽織った。

「エドガー、その白衣濡れてない？　乾かしてから着たほうがいいんじゃ……」

「気にならないからいいよ。それより、見て？」

エドガーにつられるようにして泉のほうを向いた私は、そこに広がっていた光景に息を呑む。

「わ、あ……」

空にあるはずの月と星が泉の水面に映し出されていて、ここが地上であることを忘れそうになる。

幻想的な景色に呼吸すら忘れて見入っていた。不意に視線を感じて、私は隣にいるエドガーを見る。

すると、景色に負けないほど美しい青の輝きを放つエドガーの瞳がそこにあった。

「嫌なことがあったら、今日が最悪な日で終わらないように綺麗なものを見るといいよ。俺はよく、発明に失敗すると星空を見る。どう、癒されない？」

「うん、ちゃんと癒されてるよ」

しばらくエドガーがいるのも忘れて景色に目を奪われていると、隣からため息が聞こえてくる。

「エドガー？」

「ごめん、景色が台無しになる……よね」

「いや、そんなことはないけど、どうかした？」

浮かない顔をしている彼に、景色どころではなくなって向き直る。エドガーはこちらを見ないまま、静かに口を動かす。

「俺、祖国が雪害で苦しんでいるのを知ってて、逃げ出したんだ。だから、ちょっと……帰りづらい。自分のために、責務から逃れたことを咎められそうで」

エドガーは自分の前髪をぐしゃりと握りしめる。苦悩が浮かんでいるその双眼を見つめていたら、私の胸まで締めつけられるようだった。

「エドガーがなにに対して責任を感じてるのか、わからないんだけど……。エドガー、『納得がいくまで悩んで、答えが出るまでは、少しでも心動かされたことをすればいい』って、私に言ってくれたでしょ。だから、エドガーが今なにをしたいのか、それだけを考えて動いたらいいんじゃないかな」

「俺がしたいこと、か。お弁当をフェルネマータの町の人に食べてもらいたい。それで雪崩がなくなるわけじゃないけど、せめてあったかい物を食べてもらえたら……」

「うん、じゃあ今はフェルネマータの町の人に、あったかいお弁当を届けることだけ考えよう！　悩んでる時間ほど、損なものはないもんね」

「きみは……」

エドガーは数秒固まり、すぐに「ぷっ、はは！」と声をあげてひとしきり笑うと、目の端にたまった涙を指先で拭う。

「雪のシンプルな考え方、好きだ。悩んでたのが嘘みたいに軽くなる」

特別な意味があるわけではないのに、〝好き〟の言葉に心臓が静かに跳ねる。

服の上から胸を押さえて、私は「まさかね……」と手のひらに伝わってくる忙しない鼓動に気付かないふりをした。

＊　＊　＊

「一面真っ白だね」

フェルネマータに近づくにつれ、険しく切り立った氷山がちらほら見えはじめた。景色は、あっという間に凍てつく銀世界へと変わる。

車内でも吐く息は白い。私はフェルネマータに行く途中、町で購入したローブの中で身を縮こまらせる。

寒さに震える中、エドガーだけは生まれ育った場所だからか顔色を変えずに手袋をつけた手でハンドルを握っていた。

カイエンスを発ってから、五日。

ランチワゴンのタイヤにチェーンをつけて滑らないように対策をしつつ、私たちはようやくフェルネマータのロドンの町にたどり着く。

なんとそこは、廃墟のように静まり返っていた。家々は雪に押し流されて潰れており、真っ白な雪の海に飲み込まれている。

「人っ子ひとりいないですね」

窓の外を見てそうこぼしたオリヴィエに、私たちを迎えに来た領主であるモナド卿の使用人は「全員、教会に避難しているんです」と教えてくれた。

想像以上の被害の大きさに言葉も出ないまま、私たちはモナド卿の邸にやってくる。中に通されると、深緑の燕尾服のようなものを着た四十代ぐらいの男性に出迎えられた。

「遠路はるばる、よくぞお越しいただきました」

「モナド卿、事情はそこの使用人から聞いてる。炊き出しをするなら、俺たちの持ってきた食料だけでは足りない。食料を調達する場所はある？」

前に出たエドガーを見たモナド卿は、信じられないといった様子で目を見張った。けれども、すぐになにかを察した様子で顔を引きつらせながら、ぎこちなく答える。

「町の市場は、すべて雪崩でなくなってしまったのです。この邸にある食料をお使いください」

「城から物資の支給は？」

エドガーの問いに、モナド卿の目が泳ぐ。それどころか、告げるべきか迷うように唇を引き結んで下を向いた。エドガーが「モナド卿」と強い口調で促すと、モナド卿は深刻そうな顔つきで重い口を開く。

「いいえ、親交のある領主から無理を承知で頼み込み、食料を分けていただきました。城には町の復興支援に関する嘆願書を送りましたが、被災してから一ヶ月経った今も音沙汰ありません」

「他国のことをとやかく言いたくはないが、王族の怠慢が見られるようだな」

バルドの厳しい意見にエドガーが「本当に許されることじゃない」と心苦しそうに呟いた。

私はあきらかに沈んでいるエドガーの腕に手を伸ばし、服を軽く引っ張る。

「今は、少しでも早く被災者のいる教会に行こう？　お弁当、フェルネマータの人たちに早く食べてもらいたい」

「雪……うん、今はできることからしないと」

エドガーの目に強い意志が見えたことにほっとしつつ、さっそく避難所になっているという教会に向かった。

教会の敷地内にランチワゴンを停め、私たちは礼拝堂の中に入る。

足を踏み入れてして感じたのは肩にのしかかるような絶望と悲しみ。

ロドンの町の人たちは薄い毛布一枚に包まって、被災者同士で身を寄せ合いながら寒さをしのいでいた。

教会に入ってきた私たちに気付いた被災者たちは「誰だ?」「俺たちを助けに来てくれたのか?」「どうせ、避難してきたんだろう」と各々反応する。

「お母さん、寒いよお」

目の前を八歳くらいの男の子がおぼつかない足取りで横切り、私はローブを脱ぎながら近づいた。

「これ、よかったら使って!」

腰を落として自分が着ていたローブをその小さな肩にかけてあげると、男の子は虚ろな目で私を見上げる。

「お母さん、知らない?」

「え? ここにいないの?」

教会内は被災者でごった返しているのだが、敷地も狭いので人を探せないほどではない。

なのに見つけられないのはなぜだろう、と疑問に思っていると白髪の年配の女性が杖をつきながらそばにやってくる。

「この子のお母さんは雪崩に巻き込まれてしまったんだよ。きっともう……かわいそうにねえ。どう説明していいか、私もわからないんだ」

ときどき言葉を詰まらせながら、涙混じりに話してくれたおばあさんに、私はなんて返事をすればいいのかがわからなかった。

教会の中には声を押し殺しながら泣いている人、寒さと空腹からか長椅子の上で丸まるように横になっている人がいる。

子供の肩を抱いておばあさんが離れていくのを見送っていたら、ロキが私の足元に寄り添うようにして立った。

「心づもりをしていたって大切な人がいなくなるのは耐え難いほど苦しいのに、それが突然奪われたとしたら、もっとつらいはずよね」

「うん、本当にね……」

私の頭には余命宣告をされたお父さんに、親孝行のつもりで料理を作った日々が蘇る。あの時間があったから、私はお父さんとお別れするための心の準備ができた。

でも、お母さんのときは違った。

あまりにも突然にお別れの時が来てしまって、心の整理は今もついてない。

「きっと、ここにいる人たちも私と同じなんだ」

悲しみに打ちひしがれるロドンの人たちに自分を重ねながら、私はゆっくりと立ち上がる。

「凍りついた心まで溶かせるような、あったかいお弁当を皆に作りたいな」

雪さえ溶かすような、熱い火の塊のようなものが胸に灯るのを感じたとき、頭の中に大切にしまってあった記憶が開花する。

＊＊＊

そう、あれはお父さんのお葬式があった日の夜のことだ。

覚悟はしていたはずだったのに、家に帰ってきて玄関にあるお父さんの靴を見た瞬間、涙がぶわっとあふれてきて、その場に泣き崩れたことがあった。

そんな私にお母さんはなにも言わず、静かに部屋に上がると真っ先にキッチンに立って料理をはじめた。

『雪、夕ご飯にするわよ！』

明るい声でそう言って、お母さんは私の手を引く。

半ば無理やり、ダイニングテーブルの席につかされたときは軽く怒りさえ覚えた。

『こんなときに、ご飯なんて食べられるわけないじゃん』

『こんなときだから食べるのよ』

『意味わかんない』

ふいっと顔を背ける私に、お母さんは小さく息を吐き出す。

『お腹は第二の心。空腹だとよくないことばっかり考えて、イライラするわ。だから、悲しい気持ちを塗り替えるくらい、おいしいもの食べて幸せな気持ちになって、心を満腹にするんだよ。そんな力が料理にはあるんだ』

お母さんはミトンをつけた手で、ツヤツヤのサーモンパイをテーブルに置く。パイの中央には食べるのがもったいないほど愛らしい顔をした、パイ生地でできた魚が載っていた。

『ホワイトソースのサーモンパイよ』

『いらない』

『もう、頑固ね。誰に似たのやら』

お母さんはいっこうに食べようとしない私に焦れて、パイにナイフを入れる。

サクッとした音とともに、中からキノコとほうれん草の入ったホワイトソースが流れてきてパイ生地に絡んだ。

それを見た瞬間、口の中にじわっと唾液が滲み出てきて、あれだけお腹なんて空いていなかったのにぐうっと音が鳴る。

『ほら雪、熱々のうちに食べちゃいな』

お母さんはスプーンを差し出してきた。

それを受け取った私は啖呵《たんか》を切ってしまった手前、少し気まずくて『いただきます』と小声で言うとホワイトソースによく浸したサーモンパイを口に運ぶ。

ふっくらとしたパイ生地がサクサクと崩れていく歯触りと、悲しみを内側から溶かすような温かいホワイトソースのどれもが優しくて、私の目から涙がひとしずくこぼれた。

『おいしい……』

悲しいからではなく、安堵にも似た感情から生まれた涙だった。

私は泣きながら、黙々とサーモンパイを頬張る。

その間、お母さんはテーブルに頬杖をついて微笑みをたたえた眼差しで私を見守ってくれていた。

『ご飯はお腹だけじゃなくて、心も満腹にしてくれるからね。だから雪、つらいときこそなにかを食べて、おいしいって笑いな。人生一度きりなんだ。くよくよして、俯いてばっかいたら、損だよ！』

『うん』

今度こそお母さんの言葉を信じられた私は、口の中にあるサーモンパイをじっくり味わう。それから惜しむように飲み込んで、顔を上げると——。

『お母さん、このサーモンパイおいしい！』

涙でぐちゃぐちゃの顔で、私は笑ったのだった。

＊＊＊

「私のお弁当で、皆を幸せいっぱいの満腹にするんだ」

そう意気込んで、私はロキと一緒に仲間のところへ戻る。すると、エドガーの顔色が悪いのに気付いた。

「正直、ここまで町の人たちが憔悴しきってるとは思わなかった。お弁当を作ったところで、現状が変わるわけじゃない。俺は、け、結局なにもできな……」

「うじうじ、鬱陶しいんですよ、あなたは」

エドガーの言葉を遮ったオリヴィエは、苛立たしげに腕を組む。

「あなたが、お弁当を食べてほしいと言い出したんでしょう。それなのに、今さら投げ出すのですか？」

ランディが「おーおー、ちょっと落ち着けや、オリヴィエ」と仲裁に入るも、オリヴィエは聞く耳を持たない。

「意気地なしもいいところです。それにつき合わされた僕の身にもなってください。危険を承知で、ここまで来たんですよ」

「ちょっと待てよ。つき合わされた、は違うだろ」

いつもは陽気で怒ったりしないランディの顔つきが変わった。本気で怒っているのが、彼の険しい表情から伝わってきて、一気に空気が張り詰める。

「俺たちは、自分で決めてここまで来たんだろ。仲間で決めたことを、あとからエドガーひとりになすりつけるってのは、筋が通ってねえ」

バチバチとしだすランディとオリヴィエを前に、私は焦る。個性も出身も職業もバラバラな私たちだったが、ここまでなんだかんだ大きな喧嘩もなくこれていた。それなのに、こんなに空気が悪くなるのはこれが初めてだ。

どうしよう、なんでこんなことに……。

攻撃的に相手を見据えているふたりに困り果てていると、バルドが「冷静になれ」と静かに諭す。

「ここにいるフェルネマータの人たちは飢えと寒さにあえいでいる。仲間内でもめている場合ではない。それから俺たちも、こういった場には慣れていない。心が乱れるのは当然のことだろう」

正論すぎて、皆ぐうの音も出ない。

けれど、エドガーだけが俯いたままで、私は下からその顔を覗き込む。

「たしかに現状が変わるわけじゃないけど、今はフェルネマータの人たちになにかしてあげたいって気持ちを大事にしようって、そう泉で話したでしょ！」

「あ……」

エドガーの目がみるみるうちに見開かれる。どうやら思い出したらしい。エドガーは荒っぽい手つきで頭を掻き、「皆、ごめん」と謝った。

「雪も、お弁当を作ったところで、とか、酷いこと言った」

「本当だよ！　お弁当をなめてもらっちゃ困ります！」

私はわざと怒ったふりをして、教会の出口に向かって歩き出す。背中に仲間たちの視線を感じながら、扉を開けて振り返った。

「フェルネマータの氷も解けるようなお弁当、作ってやりましょ！」

外に出て雪を被ったランチワゴンに乗り込み、私は皆に本日のメニューを伝える。

「これからサーモンパイを作ろうと思う」

私は小麦粉とバター、塩を準備して台に載せた。

「まずはパイ生地の下準備からやろう。オリヴィエとエドガーは私と一緒に百グラムの無塩バターをサイコロ状に切る係ね。バルドとランディはお水を百cc量って冷凍庫に入れて。ロキは、バルドたちがちゃんとできてるか見ててね」

それぞれ返事をして、分担した作業に取りかかる。

バターを凍らせておくと、パイの生地が層を作りやすくなって食感がサクサクになる。地味な作業だが、大事な工程のひとつなのだ。

まずは、ここまでを皆でせっせと準備した。一時間経ったらバターを取り出し、小麦粉をふるいにかけてまぶす。手でなじませていると、バルドが思いっきりバターを手のひらで潰しているのに気付いて、私は慌てて止めに入る。

「バルド、バターは潰さないように！」

「す、すまない」

「初めは加減が難しいけど、溶けてきたらその都度冷やしながら小麦粉でバターを包んでいく感じでまぶしてね」

私は皆の手元を確認しながら、小麦粉がなじんだところで冷やしておいた水と塩を適量加える。

生地がまとまってきたら二十分寝かせて、再び冷蔵庫から取り出し、次に棒を使ってまな板いっぱいに縦に引き伸ばしていった。

「伸ばした生地は三つ折りにして、十分間冷蔵庫に入れる。これを五回繰り返すと生地が出来上がるんだ」

こうして生地が完成すると、私はホワイトソースの具である薄切りにした玉ねぎやしめじ、ほうれん草を炒めた。具材に火が入ってきたら小麦粉を投入し、馴染ませる。

その間に、エドガーにはソースを作ってもらった。

「雪、鍋に入れたバター、溶けたら牛乳を入れて混ぜる、であってる？」

「違いますよ。さっき、雪が言っていたでしょう。バターが解けたら、小麦粉を入れるんです」

器用なオリヴィエは、私がエドガーにした指示の内容も頭に入っているようだ。

「そ、そうだっけ？　あれ、なんか沸騰してきた」

「なにボサッとしているんです？　牛乳ですよ、牛乳」

鍋の中身がふつふつと沸騰して、泡ができてきたところで、オリヴィエが牛乳を入れる。絶妙なタイミングだ。

「やっぱ、発明みたいにうまくいかないな」

「最初からなんでもできたら、人間じゃありませんよ。できると思っているから、結果が伴わないと落ち込みます。それは、おこがましいというものです」

わかりづらいけれど、オリヴィエなりにエドガーを励ましているつもりなのだろう。

先ほどはぶつかっていたふたりだったが、料理を通して自然と会話できているみたいで、よかった。

「具、入れるね」

私はふたりが覗き込んでいる鍋に炒めていた野菜を入れた。最後に塩を少しふって味をつけると、ホワイトソースが完成する。

私はバルドとランディが用意したグラタン皿に切り目の入っていない生地を敷き、玉ねぎとしめじ、ほうれん草がたっぷり入ったホワイトソースをかける。

その上からサーモン、チーズの順に重ねて最後に生地で蓋をしたところで、ランディに「雪」と呼ばれた。

「オーブン、温めておいたぜ」

「ありがとう！　ちょっと待ってね。生地をお魚の形にカットして、真ん中に乗せるから」

私は焼く前のサーモンパイの上に、生地で作ったお魚を載せていく。

「僕にもやらせてください。手先は器用なほうですから」

私の手元を見ていたオリヴィエは、そう言って手伝いを申し出た。

バルドとエドガーは魚の生地が載ったサーモンパイの周りにブラックオリーブを飾り付けて、ランディが二百度のオーブンで十五分ほどパイを焼いていく。

こうして、出来上がったサーモンパイを大きなトレイに載せ、私たちは教会の中に戻った。

湯気が立つサーモンパイを見たロドンの町民たちは「なんだ？」「おいしそうね」と興味津々に近づいてくる。

「皆さん、ほっこり『サーモンパイ』弁当、召し上がれ！」

ニコニコ弁当屋の仲間たちがサーモンパイを配っていく。

町民たちが料理から立ち上がる湯気を見て、自然と強張っていた表情を緩めていくのがわかった。

私も教会の隅で膝を抱えて座っていた三十代ぐらいの男性のところにサーモンパイ弁当を運ぶ。

「どうぞ～」

男性の前にしゃがみ込んで、お弁当を差し出した。だが、ふいっと顔を背けられてしまう。

「俺には飯を食べる資格なんてない」

それっきり口を閉ざしている彼を見かねてか、近くにいた同僚の男性が「あ……そいつはな」と言いにくそうに私に説明する。

なんでも、男性は災害が起きたときに仕事で町を出ていたらしく、三日後に帰ってくると家ごと奥さんと娘さんが雪崩にのまれたことを知ったのだとか。

それからはずっとこの調子で、自分ひとりだけが生き残ってしまったと責めているらしい。

私はサーモンパイ弁当を持った手に力を込め、ゆっくりと口を開く。

「私も父と母を病気と事故で亡くしてるんです。天涯孤独になって、これからどうしようって不安でした」

すると男性は「きみも……そうか」と顔を上げて、少しだけ私の話に興味を示したようだった。

「はい、でも『人生一度きりなんだ。くよくよして俯いてばっかいたら、損だよ！』っていうのが、お母さんの口癖で。したいことをして、毎日楽しく過ごしてる姿を両親に見せるのが、一番の親孝行なんじゃないかって思ってます」

もう、大丈夫だろうか。おずおずとお弁当を差し出せば、今度こそ男性は受け取ってくれた。

でも、スプーンを握ったまま動かない。やっぱり、まだ食べる資格なんてないと思っているのだろうか。ハラハラしながら男性を見守っていると、男性は意を決したように湯気の立つサーモンパイをスプーンですくう。ふうふうと息を吹きかけてから、ひと口目を食べた。

はふはふと口を動かしながら飲み込み、「うまい……」とかすかに笑って涙をひとしずく流す。

「あいつらも、こんな俺の姿、見たくないよな」

誰に問うでもなく、自分に向けた言葉だった。そばにいた同僚の男性は、私に深々と頭を下げてくる。

「いろいろ、ありがとうな。こいつのことも、それからこのお弁当だったか？　料理のことも。こんなにあったかくてまともな食事を取ったのは、ひさしぶりだったんだ。食べ物の補給はあっても雪道を通って運ばれてきたからか、パンも肉も凍っていてな。食欲もわかなかったんだよ」

フェルネマータは雪国なので食材が凍ってしまうのは仕方ないとして、被災者はただでさえ寒さをしのぐ家も防寒具もないという過酷な状況にいるのだ。

せめて食事くらい、なんとかできればいいのに。

サーモンパイひとつで感動している被災者たちを見ていたら、歯がゆかった。

昼の炊き出しを終えて片付けを済ませたあと、私たちはランチワゴンに集まった。

「復興の目処が立ってないとなると、僕たちは永久にロドンの町に留まって炊き出しをすることになりますよ。終わりが見えません」

オリヴィエの言葉は厳しいように聞こえるが、一番現実を捉えていた。ランディも

「正論だな」と言って両手を後頭部に当てると、椅子の背もたれに寄りかかりながら天井を仰ぐ。

「次の物資が来るまで領主様とやらの邸の食材を使ってほしいって言ってたけどよ、

こんなにたくさん被災者がいるんだ。すぐに底を尽いちまう」

「モナド卿から城に働きかけているとは言っていたが、どうも動く気配がない。いずれ民からの暴動が起こる可能性も否めん」

正義感の強いバルドの言葉の端々には苛立ちが見え隠れしていて、眉間にも深いしわが刻まれている。

重苦しい沈黙が流れる中、ずっと口を閉ざしていたエドガーが静かに息を吐き出して皆の顔を見回す。

「方法はひとつしかない。城の食料庫なら大量に食材が保管されているはずだから、国王に直訴するんだ」

「でも、国王はモナド卿が嘆願書を出しても動こうとしなかったんでしょう？　直訴したところで、受け入れてくれるのかな。というか、そもそも会えないんじゃ……」

一般市民の私たちが簡単に国王に会えるとは思えない。門前払いがいいところだと思っていると、エドガーは「俺に任せて」と言って立ち上がる。

なにをする気なのかはわからないけれど、旅でたくさん私たちを助けてくれた彼がそこまで言うのだ。

きっといい策があるに違いないと、さっそくエドガーの運転で城へ向かった。

金装飾がふんだんにあしらわれた塔がいくつも建ち並ぶ城にやってきた。

屋根は雪が積もらないように金のオニオン型ドームになっている。ろうそくのような形をしているのは、祈りが神様に届くようにという意味があるのだとエドガーが教えてくれた。

「中に入れて」

ランチワゴンを降りて、門の前にいる門番にエドガーが声をかけた。

すると、門番は呆れ気味に「ここは一般人は立ち入り禁止……」と言いかけたと思ったら、すぐに口をつぐむ。

そして隣にいたもうひとりの門番と顔を見合わせ、「幽霊じゃないよな」と意味不明なことを呟いていた。

「大変失礼いたしました。どうぞこちらへ」

中に通されると、そのまま王間に連れて来られる。

そこで待ち受けていたのは白髪交じりの茶色い髪をした国王と、ふくよかでパッパツのドレスを着た銀髪の王妃だった。どちらも五十代くらいだろう。

ふたりのうしろには母と同じく太った五人の王子が立っていて、壁際に控えていた臣下同様に驚きと困惑が入り混じったような表情でエドガーを見ている。

「エドガー、今までどこをほっつき歩いていた。王子としての自覚はあるのか」

「王子⁉」

驚きのあまり私が声をあげれば、国王や王妃は不愉快そうに眉を顰める。

その咎めるような視線に身を縮こまらせていると、エドガーが前に立って遮ってくれた。

「第五王子に期待することはないとおっしゃったのは、父上と母上ではありませんか。私ひとりいなくなったところで、なにか困ることでも？」

「困るに決まってるじゃないっ、あなたがいなくなったせいでベルテン帝国の王女との縁談がなくなったのよ⁉」

ベルテン帝国ってたしか、バルドたちパンターニュ騎士団が戦ってた強国だよね？

領地を広げるために侵略してきた国の王女と縁談だなんて、どうしてそんな危険なところに自分の息子を婿に行かせられるんだろう。

理解できない気持ちで王妃を見ていたら、エドガーは眉間を指でもみながらため息をつく。

「それは金づるを失ったことを心配しているのですよね？」

「当たり前じゃない！」

「母上、ベルテン帝国を利用するのは不可能です。ベルテンの皇帝は頭がよく切れる方だ。繋がりを持ってしまえば、この国はベルテンの手に渡ります」

　これまでにないほど堂々としたエドガーの背後では、「バカな親を持つと苦労するのは子供だよな」とランディがオリヴィエに耳打ちしていた。

「家出王子が偉そうなことを言うな。お前は縁談が嫌で城を抜け出し、国から逃亡したではないか。今思えば、子供の頃からお前は出来損ないだった。帝王学よりも雪害に苦しむ民のための発明がしたいなどと、からくりばかり弄《いじ》っていただろう」

　国王はふんっと鼻を鳴らし、蔑むように自分の息子であるエドガーを見る。

「あのままここにいれば、私はベルテン帝国に婿入りしなければならなかったんです。発明が続けられないと思って城を出ましたが、民を思えば罪悪感が拭えません。あなた方は私利私欲でしか動かない。その結果、ロドンの町民たちが苦しんでいる」

　静かな怒りを含ませたエドガーの声は、いつもより低い。

　その場に控えている臣下たちも唇を嚙みしめており、それに気付いたエドガーは家族である王族たちに向けて語気を強める。

「なにかしたいと思っていても、国王が動かなければ臣下たちは民に手を差し伸べることすらできません。私も……こうして庶民になって初めて、誰かのために自分の力を使えた。王族だったときには叶わなかったことです」

そこまでエドガーが言い募っても、国王は面倒くさそうにはあっと盛大なため息をつき、腕を組むとこちらを高圧的に見下ろしてくる。

「お前は私になにをさせたいのだ」

「城の食料をロドンの町の人たちに渡してください」

「それでは我々が食べる分がなくなるではないか。却下だ」

「この城にはあり余るほど食料があるでしょう。ロドンの被災者たちに配ったところで、すぐに底を突くことはありません。ですが、彼らは明日の食料すらあるかどうかわからない状況です。英断なさってください」

引き下がる様子のないエドガーに国王はぐっと黙り込んだが、すぐに「まあいいだろう」と意見を変えた。

「具体的にどれほどの食料を送る必要があるのか、息子とふたりきりで話がしたい。お前たちは外に出ていろ」

エドガー以外の人間を外に追い出そうとする国王に不信感がわく。あれだけロドンの民に食料を渡したくないと言っていたのに、手のひらを反すような態度。このままエドガーを行かせていいのだろうか。

「エドガー！」

守衛の兵に王間の出口へと押されながら、名前を叫ぶ。

エドガーは「大丈夫、すぐに戻るから」と小さく笑って頷いた。

なす術なく王間から追い出された私たちは、守衛に「ここで待っていなさい」と言われ、城の一室に閉じ込められる。

皆で円になるように立つと、ランディが最初に口を開いた。

「しっかし、あいつら本当にエドガーの家族かあ？　体型から顔から、エドガーに似てねえじゃねえか。誰の遺伝子を受け継いだら、エドガーだけあんな美男子に生まれんだよ。しかも、親に金づるとしか思われてねえなんて、そらあ、引きこもりたくもなるわなあ」

「ランディ、今はそんなふざけた話をしている場合ではない。だが、あのような傲慢な親の元で育ちながら性根が曲がらなかったのは、エドガーにもともと国王としての素質があったからなのだろう。あいつにはどこか、シャルル国王の面影を見る」

バルドはむしろ納得した様子で、エドガーが王子であることをすんなり受け入れていた。

実はエドガーが王子だと知って、驚きはしたが納得している自分がいる。

カイエンスの国で航海士の試験を受けられなかった受験生のために救済措置を取りつけたときも、先ほど国王に対峙していたような堂々とした振る舞いをしていた。

あのときは、どうしてこんなにもエドガーの言葉には説得力があるのだろうと疑問に思っていたが、やっと腑に落ちた。バルドの言うように、王子の素質ゆえだろう。

「エドガーが王子であろうがなかろうが、どうでもいいです。そんなことよりあの傲慢国王、なにか企んでいませんか？　あっさり要求を呑んだことが、どうも引っかかります」

オリヴィエは難しく眉を顰める。私の胸騒ぎも、いよいよ勘違いでは済まなくなりそうだ。エドガー以外の人間を外に出して、どんな密談をしているのやら。酷い目に遭ってはいないだろうか。不安は募る一方だ。

「あの人たち、お金のためにエドガーを危険なベルテン帝国に婿に行かせようとしたんだよね？　それに、誰かのために発明をしたいって言ったエドガーのことを出来損ないって言った。そんな人たちがエドガーをこのまま無事に返すかな？」

エドガーの極端なまでの自信のなさは、お父さんに〝出来損ない〟と言われて育ったからではないか。そう思うと、無性に腹が立つ。

「もし、エドガーが戻ってこなかったら、全員で乗り込んだらいいんじゃないかしら？」

両手の拳を握りしめるロキに私たちが強く頷いたとき、部屋の扉が開いてエドガーが戻ってきた。

「皆、いろいろと黙っててごめん。国王とは話をつけて、物資の支給はしてもらえることになったから」

「エドガー！」

私は戻ってきて早々どうでもいいことを謝ってくるエドガーに駆け寄り、その胸にすがりつく。

「そんなことより、なにかされなかった？」

急にしがみつかれて驚いたのか、エドガーは一瞬黙り込むと徐々に目元を緩める。

「大丈夫」

「本当に？　無茶な要求を突きつけられたとかしなかった？」

「平気だって。それより、今はロドンの町の人たちのことをなんとかしないと」

「そ……それもそうだね」

本当に大丈夫だったのだろうか。国王と王間でなにがあったのか、触れられたくないかのような話題の変え方にわきあがる違和感。言いしれない不安に襲われながら、私たちはロドンの町に向かうのだった。

＊　＊　＊

ロドンの町に戻った私たちは、炊き出しと、雪かきや壊れた家々の修理をする組に分かれて町の復興を手伝った。

炊き出し組の私とロキは、食材を無駄にしないようクリームシチューやその残りで作ったドリア、リゾットを作った。

復興資金は領主のモナド卿から支援してもらえたので、二週間経った今ではなんとか人が住める家と食材は確保できている。

「ここまで来れば、あとは私のほうでなんとかできます。皆様方、本当にありがとうございました」

町に足を運んで積極的に復興を手伝いに来ていた領主のモナド卿が私たちに頭を下げる。

こうして、役目を終えた私たちはロドンから立つことになった。

出発の朝、私は皆の朝食を作るためにランチワゴンのキッチンに立ったのだが、そこに一通の手紙があることに気付く。

封筒を開けると【雪へ】と書かれていて、差出人を見るとエドガーであることがわかった。ドクンッと心臓が嫌な音を立て、私は固唾を呑みながら文に目を走らせる。

そこには【まず最初に、俺はこれから先の旅にはついていけない。最後まで一緒にいられなくてごめん。この国に残って、自分の役目を果たすよ。きみと出会えたことは、俺の人生の中で一番の幸運だったと思う】と綴られていた。

「なに、これ？」

問うまでもなくお別れの手紙だということは、頭では理解できた。

だが、昨日までいつもと変わりなく一緒にこの町の人たちのために働いていたのだ。どうして、直接言ってくれなかったの？　役目って、王子としてやるべきことができたって意味？

エドガーが自分の意思でこの国に留まるのかどうか、本人にたしかめてからじゃないと「はい、そうですか」と納得はできない。

エドガーはなにもわかってない。

こんな手紙一枚で簡単に繋がりを切れるほど、私たちは浅い関係じゃないはずだ。

「行かなくちゃ」

手紙を握りしめると、エプロンを脱いでランチワゴンを飛び出す。

エドガーが身を寄せるとしたら、きっと自分の家である城だ。

私は町の人に頼んで馬車を出してもらい、エドガーのもとへ向かった。

Menu5　デザートは『かぼちゃ豆腐プリン』弁当

「お通しできません」

城に乗り込もうとすると、ふたりの門番が槍のようなものを交差するようにして、私の前に立ち塞がった。

「私、エドガー……王子の友達なんです！　少しだけでいいから、話をさせてください。案内してもらえませんか？」

「できません」

わからずや！

国王の許可がない人間を中に通せないのは、門番の仕事上、仕方ないとわかってはいるけれど、早くエドガーに会いたくて気が焦る。つい胸の内で不満を叫んでしまった。私はこれではいけないと、「なんで、できないんですか？」落ち着いて尋ねる。

「エドガー王子には誰にも会わせるなと、陛下からお達しがありました」

「会わせるなって……」

おかしいよ、そんなの。国王がエドガーを誰にも会わせたくない理由はなんだろう。

なんにせよ、ろくでもないのはたしかだ。

「どうして、エドガー王子に会っちゃいけないんですか」

「それは、私たちにもわかりかねます」

こういうとき、どうしたらいいの？　頭のいいオリヴィエなら、もっとうまくやれた。人を圧倒するバルドの言葉なら、門番たちにも届いたのだろうか。人の心を掴むのが得意なランディなら、うまく転がしてさりげなく丸め込めそう。ああ、我らがお母さん、ロキの助言が聞きたい。そして、エドガーなら……。そこまで考えて、カイエンスの役所での出来事が頭をよぎる。

あのとき、エドガーはどうしてたっけ。そうだ、周りの人に聞こえるように相手の印象が悪くなるようなことを言う。

「エドガー王子はロ、ロドンの町の復興の貢献者です。町の人たちから感謝の言葉を預かってきました。それを届けることすら、許してくれないんですか！」

嘘も織り交ぜつつ、私は声高らかに述べる。道行く人々がちらちらとこちらを見ていて、「ロドンって雪崩があった……」「国王陛下はなんの援助もしてないんでしょ？」「行方不明だった第五王子が一般人に紛れて復興を手伝ってたって噂よ」「感謝の言葉くらい、受け取ってやれよ」「王族って冷たいんだな」というひそひそ声が聞こえてくる。この国の王族への印象は、相当悪いらしい。

「し、静かにしないか。俺たちが国王陛下に咎められてしまう」

「陛下は誰にも会わせるなと言ったが、王子のご友人は例外だろう。入れたほうがいいんじゃないか？」

青ざめた顔で、何度も門の向こうにある城を振り返る門番たち。うっかり町民たちの声が王族の人間に聞かれてしまったらと、そわそわしているのだろう。声を潜めて相談しあったあと、結論が出たのか門番たちが私を見る。

「ついてきてください」

「ありがとうございます！」

なんとかエドガーのところへ案内してもらえることになった。通されたのはエドガーの執務室。門番は扉をノックした。

「エドガー様、ご友人がお見えです。お通ししてもよろしいでしょうか」

門番が声をかけると、中から「え!?」と驚いた様子の返事があった。

私は許可をもらって、部屋の中へと足を踏み出す。

そこにいたエドガーはいつもの眼鏡を外して、見慣れない白軍服に身を包んでいた。

森でゴミ屋敷同然の家に住んでいたとは思えないほど、高級な王族衣装に身を包んでいるというのに、彼は私を凝視したまま口をぽかんと開けてフリーズしている。

なんとも、童話の中に出てくる王子とはかけ離れた間抜け面である。

「エドガー、あの手紙はどういうこと？」

どうしてなにも言わずにいなくなったのか、果たしたい役目はなんなのか。聞きたいことはたくさんある。

彼に近づいていくと、なにかやましいことでもあるのか、エドガーは後ずさり、どんっと背中を執務机にぶつけていた。

わかりやすい。エドガーの動揺が手に取るようにわかる。

「え？　あれは、そのままの意味で……」

「役目ってなに？　どうして直接話してくれなかったの？　私たち、友達でしょ？」

「ご、ごめん、言いにくかったんだ。それに、きみたちの顔を見たら寂しくてついて行きたくなると思ったから……」

エドガーは苦々しい表情を浮かべて、私の視線から逃れるように足元を見る。

「寂しいなら、ついて行きたいなら、私たちと旅を続けたらいいのに！」

「そうしたいけど……」

その歯切れの悪い言い方がもどかしくて、私はたまらずエドガーの胸を両の拳で叩いた。

「なら、一緒に――」

「それはできないのよ」

誰かの声に言葉を遮られる。

背後を振り返ると、そこには戸口に腹が挟まって身動きがとれなくなっている王妃がいた。

え？　どういう状況？

含みのある言い方をしておいて、思わず肩すかししてしまいそうなユニークな登場。

開いた口が塞がらない。

「ここっ、入り口が狭すぎるんじゃなくて？　ちょっとそこのあなた。私をうしろから押しなさい」

「は、はい」

私をここまで送ってくれた門番が王妃の身体をぐいぐいと押すのだが、なかなか出てこれない。

「痛いっ、もっと優しくしてちょうだいっ」

「ですが、力を入れなければお腹の肉が……」

「あなたっ、私をデブだとおっしゃるおつもり⁉」

キッと兵を睨み付ける王妃に、エドガーは呆れを含んだため息をつくと戸口に向かっていく。

それから脂肪でふっくらとした二の腕を引っ張り、なんとか王妃は執務室に入ることができた。

「ふうっ、それで話の続きをさせてもらうけれど、エドガーには裕福な国の王女と縁談を結ばせるの。だから、一緒には行かせられないのよ」

「え、でも、エドガーは縁談が嫌で城を抜け出したんじゃないの？」

「城からロドンの町に物資の補給をする見返りに、国王が提案したの。それをのんだのよ、エドガーは」

なにそれ、エドガーの良心を利用して、今度はお金を得るために他国に売るの？

今まで感じたことのない怒りで、握りしめた拳が小刻みに震える。

「エドガー、エドガーは本当にその王女様に嫁ぎたいの？　発明も諦めるの？」

その質問に彼はなにも答えなかったけれど、瞳が揺れているのを見ればわざわざ問うまでもなかった。

私は「もういい」とだけ言って、エドガーの前に出ると王妃をまっすぐに見据える。

「王妃様、私からもひとつ提案させてくださいませんか」

「あなたみたいな庶民が、わたくしになんの取引を持ちかけるつもりですの？」

王妃は小指を立てながら口元に手の甲を当てて、バカにしたように笑う。

それに無性に腹が立ち、私は負けじと王妃に正対する。

「王妃様は食べるのがお好きなご様子。ちなみに、お好きな食べ物はなんですか？」

「そうねえ、プリンかしらね」

「プリンは、異世界にもあるんだ」

「なんですって？」

「ああ、いえ。こっちの話です」

そういえば、あれ？　普通に会話ができてる？と驚いていると、次に信じられない言葉が耳に飛び込んでくる。

「一日に十五個は食べるわね」

「十五個ぉ⁉」

デブまっしぐらだと、私は額に手を当てて宙を仰ぐ。

王妃の好物を作って『おいしい』と言わせられたらエドガーを諦めてもらうつもりだったのだが、プリンを十五個も一気に食べたら王妃は戸口を通れないどころか、生活習慣病で死んでしまう。甘いものなら、なんでも喜んで食べてくれそうだったのだが、自分の料理で人が死んだらと思うと、さすがに良心が痛む。

「王妃様、最近ドレスのサイズを新調したのはいつですか？」

「一週間前ね」

プリンのカロリーは、たしか二個でお米一杯ぶんくらいになると聞いたことがある。それを十五個も食べたということは、デザートだけでお米七・五杯ぶんのカロリーを摂取しているのと同じ。考えただけで恐ろしいが、エドガーを助ける糸口を見つけられた気がした。

「では、大好きなプリンはやめずに、王妃様を痩せさせてみせます」

「まあ、そんなことができるの？」

「頑張ります。それで結果が出たら、私にエドガーをください！」

啖呵を切る勢いで叫ぶと、しばしの静寂が流れた。

なんの沈黙だろうと不思議に思って、すぐに自分の発言を思い出す。

私にエドガーをくださいって、結婚のあいさつで出てくる定番のセリフみたいじゃないか。顔に熱が集まっていく。きっと赤面しているに違いない。勢い余って、とっさに口をついた言葉がよりにもよって、これだなんて……。穴があったら入りたい。

エドガーは目を点にしている。一方、王妃は数秒ののちに「乗ったわ！」と親としてはどうかと思うくらい軽く息子を対価として認める。

ひとまず、エドガー奪還のための第一段階はクリアできた。ほっと胸を撫で下ろしたとき、城内が騒がしいことに気付いた。

「敵襲ー、敵襲ーっ」

兵の声が聞こえて、城に悲鳴がこだまする。

エドガーはすぐさまそばに控えていた門番を見る。

「今、動ける兵はこの城に何人いる？」

「それが……経費削減だと、国王陛下が門番と数人の護衛兵以外、解雇してしまいまして……」

耳を疑うような報告を受けて、エドガーはしばらく思考が停止したかのように固まった。

やがて額に手を当てると、怒りを通り越して呆れた様子で王妃に視線を移す。

「……母上、なぜ止めなかったんです？　国どころか、この城を守ることすらできないではありませんか」

「だって、兵にかけるお金ってバカにならないのよ？」

王妃は頬に手を当て、〝なにか問題でも？〟と暢気に首を傾げている。

「それでも他国に攻め入られて国を失ったら、お金どころか捕虜になって一生を牢の中で過ごすことになるかもしれないのですよ？」

我が子に説教された王妃は今気付いた、みたいな顔で卒倒しそうになっている。

エドガーは、もはや頼りにならないと悟ったのだろう。

すぐに戸口に向い、兵に声をかける。

「国王と王子たちを一階の広間に集めて。兵の数が少ないなら、一ヶ所に兵力を集めて守ったほうが効率がいいから」

「――はっ」

兵は敬礼をすると駆けていく。私たちはエドガーに連れられて広間に向かったのだが、そこにはすでに王子のひとりを人質にとった敵がいた。

「あ、雪にエドガーじゃねえか！　こいつに居場所を吐かせようと思ったんだけどよ、手間が省けたぜ」

なにを隠そう、王子を人質にとっていたのは盗賊出身のランディだ。

その隣にはロキを抱えたオリヴィエもいて、いつの間に入手したのか、この城の地図を持っている。

また、バルドの足元にはこの城の数少ない兵たちが積み重なるようにして気絶している。

誰か、この状況を説明して……。

魂が抜けそうになったとき、バルドがすまなそうに切り出す。

「俺たちはお前たちを探しに来たんだが、ならず者に間違えられて兵に追われてな。最終的に……こうなってしまった。面目ない」

バルドの悪人面が裏目に出たようで、彼らは兵を返り討ちにしたどころか、王子を人質にとってしまったらしい。

人質になった王子は「エドガー、俺たち家族だろう!? 助けてくれよぉ」と涙と鼻水を流して必死に助けを求めていた。

エドガーはこの状況に、ついに頭痛に襲われたのか、こめかみを押さえつつバルドたちに歩み寄る。

「えっと……訓練、ご苦労様。適度な危機感は身が引き締まるから大切だよね。また、頼むよ」

ここは訓練で押し切ると決めたようだ。エドガーは額に汗をかきながらも王子らしく凛とした声で言い切る。

その意図を瞬時に酌《く》んだバルドは「身に余るお言葉、光栄です！」と敬礼した。

さすがは現役の騎士、動きにキレがある。それをなんとなく真似したランディとオリヴィエは遠くを見ている人の仕草にしか見えない。ロキは……とにかくかわいい。

「じゃあ、話があるから俺の部屋に来て」

王子や兵、王妃たちが呆然としているのを置き去りにして、そそくさと王間から脱出した私たちはエドガーの部屋に到着するや否や深く息を吐き出した。

エドガーが「皆、なんでこんな無茶を？」と聞くと、オリヴィエの眉がぴくりと動く。これは説教がはじまる合図だ。

「こうなったのも、あなたと雪がなんの報告もなしに姿を消したからですよ。どうして、僕より年上のあなた方が報告、連絡、相談ができないんです？」

息継ぎもせず早口で文句を言うオリヴィエの頭を、ランディは「よしよし～」と撫でる。

「まとめて訳すと、心配だったってわけだ」

「勝手に訳さないでください！」

オリヴィエが目尻を釣り上げているから、私もつい申し訳ない気持ちでいっぱいになって「本当にごめん！」と頭を下げた。

「エドガーのことが心配で、無我夢中で飛び出してきちゃったの」

そう言って今に至るまでの経緯をかいつまんで説明すると、バルドは腕を組みながら「事情はわかった」と頷く。

「なんにせよ、水臭い話だ。エドガー、取引を持ちかけられた時点で相談してくれていれば、俺たちはお前を犠牲にせずとも済むよう全力を尽くしたというのに」

「バルド……うん、ごめん。きみたちには俺にとらわれず旅を続けてほしかったんだ。結局、皆を巻き込んでるけど」

エドガーの〝巻き込んでる〟の言葉に、少し寂しくなる。エドガーはまだ、私たちの気持ちをなにもわかってないのだ。

「〝巻き込む〟なんて、他人行儀すぎるよ。エドガーの問題は、私たちの問題でしょ？　こういうとき、突き放されるより頼られるほうが嬉しいもんなんだよ」

そうじゃなければ、危険を冒してまで城に乗り込んできたりしない。

きっとあの手紙を読んでも、なんの躊躇もなくエドガーの嘘を信じて別れていたはずだ。

「雪……そうだね、俺たち仲間だった。それなのに突き放したような言い方して、傷つけてごめん。皆、迎えに来てくれてありがとう」

エドガーは照れくさそうに、お辞儀をしていた。

穏やかな空気が流れると、「……ところで」とオリヴィエは室内を見渡し、不快そうな顔をする。

「どうしたらこうなるんです？」

その〝どうしたら〟が指すのは、とっ散らかった部屋のことだろう。

絨毯《じゅうたん》のごとく床を埋め尽くすのは、工具と脱ぎ散らかした衣服。ナイトテーブルやベッドの枕元にも設計図のような紙が塔のように積み重なっている。

「エドガーの家に滞在してたときのことを思い出すわ。エドガーは目を離すとすぐに汚すから、私と雪で片付けしながら歩き回っていたのよ」

困った人ね、と言いたげにロキは両の掌を上にして首を横に振っている。

私とロキが目を光らせていたから、ランチワゴンや宿の部屋の中は綺麗さが保たれていたけれど、着替えの服を畳まずにぐしゃぐしゃのまま鞄に突っ込んでいたり、声をかけなければ髭を剃り忘れていたりするところは変わっていない。

イケメンなのに汚部屋王子なんて、なんだか残念だ。

微妙な気持ちでエドガーを見ていると、限界とばかりにランディがぶはっと吹き出した。

「エドガーっ、縁談に行かなくて正解だったんじゃねえか？　部屋を片付けられない不潔王子なんて、幻滅されてポイだぜ」

「お前たち、その話はとりあえずあとにしてくれ。とにかく今は王妃様に痩せてもらわなければ困る。雪、俺たちに手伝えることはあるか？」

一度ふざけると収拾がつかなくなる私たちをまとめられるのは、きっとバルドだけだ。私は感謝しつつ、「そのことなんだけど」と言ってエドガーに視線を向ける。

「王妃様のダイエットは、私ひとりでやる」

「え、どうして？」

「あのね、私はエドガーの発明をバカにされてすっごく悔しい。だから、エドガーはロドンの人たちを助けるための発明をするのはどうかなって。それで、お父さんにも認めてもらおうよ」

これはいい機会なんじゃないだろうか。

もともとエドガーは雪害に苦しむ民のために、発明をはじめたのだと言っていた。

それにいつだったか、自分は責務から逃げたのだとも口にしていた。

「今度こそ、エドガーの力をこの国の人たちのために使おうよ」

「でも、まだ俺はどうしたらフェルネマータの民たちを助けられるのか、具体的な解決策を見つけられてないんだ」

「だったら、皆でその方法を考えようよ」

私は皆をちらっと見て、再び視線をエドガーに戻す。

すると、黙って聞いていたオリヴィエがふうっと短いため息を吐き、「いいですか！」と語気を強めながらエドガーに顔を近づけた。

「いくらあなたが頭がよくても、ひとりの脳みそで考えられることには限界がありま す。ここにはあなたの他に二つの頭があるんですよ？ もっと効率的に考えてくださ い！」

「ん？ 数おかしくないか？ なんでふたつの頭なんだ？ 六つだろ」

すかさず突っ込むランディに、私も「はいはーい、私も気になってた！」と手を上げる。

「脳筋、頭の中お花畑、ウサギ。これを頭数にカウントしろだなんて、はっ。あなた方、立ったまま寝てるんですか？ 寝言は寝てからにしてください」

オリヴィエは嘲笑を浮かべながら、吐き捨てるように言った。

私とランディが「そりゃないよ！」と声を揃えて抗議していると、ロキが「私は存在自体を否定されたわ！」と目を吊り上げて、オリヴィエの顔面にひっつく。

「ふがっ」

「――お前たち、話が進まないぞ。オリヴィエはこうは言っているが、本当は『もっと仲間を頼れ』と言いたいんだろう」

「バルド、勝手に訳さないでください！」

顔からロキを引き剥がし、オリヴィエが叫ぶ。

どこかで聞いたやり取りだ。

なんだかんだ言って、実はオリヴィエが一番仲間のことを考えている気がする。

「はあっ、話をもとに戻しますけど！　この雪崩の被害で重要なのは避難できなかった原因を探ることではありませんか？　ま、考えるまでもなく逃げるタイミングを誤ったせいでしょうけれど」

恥ずかしさをごまかすようにオリヴィエは咳払いをして、床に散らばった障害物を避けつつエドガーの部屋の壁に貼り付けられていたフェルネマータの地図を指差す。

「ロドンの町はちょうど雪山の麓にあります。ですから、雪崩に巻き込まれやすい事実は変えられません。ですが、ロドンの東地区では建物が倒壊するほどの被害は出ていません」

その説明を聞いたエドガーは、はっとした様子でオリヴィエのところへ走っていくと地図を食い入るように見た。

「そうか……！　雪崩を事前に察知して町民に東地区に避難するよう知らせればいいんだ。自然災害を止めることはできなくても、それなら命を救うことはできる」

「それなら、雪崩が起きた際の被災者の受け入れ先が必要だろう。この東地区に避難場所を作るのはどうだろうか。常に食料と防寒具を置いておけば、雪崩以外の突発的に起きた災害にも対応できる」

バルドの助言に「それだ！」と私たちの声が重なり、なんだかうまくいきそうな気がしてきた。

思わず拳を握りしめていると、皆の前に改まった様子のエドガーが立った。

「俺……王子として生まれたのに、ずっと王位に執着がなかったんだ」

「国王と王妃は権力を使って民ではなく、自分たちの暮らしを豊かにすることしか考えていないご様子。そんな王族の姿を見て育っていれば、お前が王位に心を惹かれない理由も頷ける」

バルドの言葉に耳を傾けていたら、エドガーがそう思ってしまうのも仕方ないなと思う。自分が王子であることに意味があるのかとか、たくさん悩んだんだろうな。

「それに国を治められるような器じゃないって、自分にはなにもないような気がしてた。だけど、俺はこの国の人たちのためにも、ただの人になるわけにはいかないんだ。王子として、発明家として、皆を守る」

曇りのない碧眼には強い意志がしっかりと宿っており、こんなにも彼は精悍な顔立ちをしていただろうかと目を奪われる。

やっぱり、エドガーは王子なんだ。

息を呑むと、私は自信を取り戻し背筋がしゃんとした彼に応えるべく口を開く。

「私も、絶対に王妃様をスリムにしてみせる！」

まずは、戸口を通れるようにするのが目標だ。

そう思って高らかに宣言したのだが、エドガーは吹き出した。ランディは「ずれてんなあ！」と腹を抱えて爆笑している。オリヴィエは、「あなたの頭には、脳みそじゃなく食べ物が詰まってるんじゃありませんか？」と相変わらず毒を吐いていて、そんな私たちをロキはお母さん、バルドはお父さんの眼差しで見守っていた。

仲間たちはエドガーの発明を手伝うためにロドンの町に向かい、城に残ったロキと私は広い庭園に停めたランチワゴンの中にいた。

「プリンってカロリーだけじゃなくて、カラメルにも砂糖を使うから太りやすいんだよね。だから、今回はなるべく砂糖は使わない方法でいきたいんだけど……」

椅子に腰かけた私は膝の上に乗せたお母さんのレシピ本をめくりながら、いくつかあるプリンのレシピを見て頭を悩ませる。

「雪、甘味を野菜で出すのはどう？　ほら、このかぼちゃプリンとか」

ロキが迷いなくレシピ本のページをめくり、小さな手で【かぼちゃ豆腐プリン】と書かれた文字を指さす。

「おおっ、ナイスだよ、ロキ！　それに豆腐で作るからヘルシーだよね」

私はメニューを決定するとエプロンをつけて、手を洗った。

「じゃあ、はじめよっか！」

まずはロキとふたりきりで材料を準備する。それからかぼちゃの種とワタを取り除き、皮を剥いた。

かぼちゃはひと口大に切って、エドガー特製の電子レンジに入れると四分加熱する。そうすると、かぼちゃはやわらかくなるので、スプーンで網に擦り付けるように裏ごしした。

続いてペースト状になったかぼちゃに豆腐を投入しなければならないのだが、私は重大な見落としをしていたことに気付いて頭を抱える。

「待って、異世界に絹ごし豆腐なくない⁉」

焦ってレシピを確認すれば、豆腐の代わりに【トーフー】を使うと書いてある。

「あれ？　そういえば、トーフーって白の物体があったような……」

モナド卿の邸から食材をこのランチワゴンに積んだとき、目にした記憶がある。

私は冷蔵庫を開けてあちこち確認する。奥に【トーフー】と書かれた張り紙がついている木箱を大量に発見した。

「そうそう、これこれ」

木箱の表面には【トーフー】の焼印がされていて、いざ開けてみると楕円形の白い物体が入っていた。

恐る恐る鼻を近づけて匂いを嗅いでみれば、無臭だった。

試しにひと口食べてみる。私の知っているものより濃厚な豆腐の味がした。

私はトーフーをかぼちゃの中に混ぜ込み、しっかり生地と馴染ませる。

「なめらかになってきたんじゃない？　雪、かぼちゃの甘さを見つつ砂糖を二十グラム入れて」

「はーい。ふふっ、ロキとこうしてキッチンに立ってると、お母さんと料理してるみたい」

「そうね、私も娘とお菓子作りしてるみたいで幸せよ」

私はロキと顔を見合わせて、同時に笑みをこぼす。

ふとお母さんが恋しくなって胸が締めつけられたけれど、異世界に来たときほどの痛みはなかった。

私は「よし！」とあえて口に出して意気込む。

それから裏ごしして白身の塊を取り除いた卵を生地に入れると、よく混ぜた。

「鍋はこのくらいあれば、いくつか作れるわよね？」

ロキが自分の身体より何倍もでかい大鍋を一生懸命持ち上げ、私に差し出す。

彼女が転ばないように私は鍋を受け取り、そこにお湯を入れて沸騰するのを待った。

その間に、プリンの生地を器に流し込む。

「それじゃあ、蒸していこう」

いったん火を止めてプリンを鍋に入れようとしたとき、「雪、待って」とロキに止められた。

「直接入れたらカップが割れちゃうから、底にタオルを敷かないと」

「あ、そうだった！」

「それから鍋の蓋をタオルで包んで取っ手のところできつく縛れば、蒸したときの水滴がプリンに入らないわよ」

プリンを作るときはいつも、この工程を忘れそうになる。

ロキの言葉は、最後の最後でつい気が緩んでしまう私にお母さんがしてくれた注意と同じだった。

「ロキ、プリンの蒸し方はどこで覚えたの？」

「――レシピ本に書いてあったのよ。さ、十分はコンロの火で、残りの十分は余熱でプリンを蒸しましょう」

「う、うん！」

私は手を動かしながら、疑問に思う。

前にも私のレシピ本を勝手に見たことがあるって言ってたけど、いつの間に？

レシピ本は常にそばに置いているので、ロキが読んでいたら気付くはずなのだ。

それに、ロキはときどきレシピの内容を熟知しているような口ぶりをする。

読んだだけで、少しも考えずにパッと工程を口にできるもの？

引っかかりを覚えながらも、そうこうしているうちにかぼちゃ豆腐プリンは出来上がり、私はロキと一緒に王妃の部屋を訪ねることにした。

「王妃様、例のものができました」

さすがは王妃の部屋と言いたくなるほどゴージャスなシャンデリアと天幕付きの特大ベッドに目を奪われつつ、テーブルの上に籠のランチボックスを置く。

「この中にプリンがあるの？」

「はい！　開けてみてください」

お弁当屋なのでランチボックスの中にプリンを入れたのだが、実はある工夫を施しておいた。お弁当は開けたときのおいしそう！という感動が大事なので、ひとつサプライズを仕掛けておいたのだ。

ドキドキしながら、私は王妃を見守る。

そして、王妃がランチボックスを開けた瞬間、ふわっと薔薇の香りが広がる。

「綺麗……宝石箱みたいね」

言葉少なに感想をこぼした王妃は、ランチボックスの中身に釘付けになっている。

私は透明な瓶に入ったプリンの蓋にチェックや花柄のペーパーをひとつひとつ被せてリボンで留め、ランチボックスの中に並べあと、その隙間を埋めるように庭師の方に許しを得てもらった薔薇を詰めたのだ。

「かぼちゃ豆腐プリンです！　豆腐——トーフーを使ってるので、普通のプリンを十五個食べるより身体に優しいんですよ」

「早速いただくわ」

王妃はパンッと手を叩いて使用人を呼びつけると、ティーセットを用意させる。

使用人がアールグレイをサーブし、プリンとともにアフタヌーンティーを楽しむ王妃を私はドキドキしながら見つめた。

「このふるふる震える感じはプリンそのものね。色は……普段食べているものより、濃い気がするわ」

「王妃様、それはかぼちゃの色です。かぼちゃには甘味がありますから、一緒に入れると砂糖を減らせるんですよ」

「とびっきり甘いプリンが好きなのだけれど、本当にわたくしを満足させられるのかしら」

半信半疑でプリンを食べた王妃は、スプーンを口に入れたまま目を見張った。

その目がとろんと蕩け、頬を押さえて悶える様は幸福に満ちた顔をしている。

「んん⁉ まったり、しっとり!」

急に大声をあげた王妃に、私はビクッと身を震わせる。王妃は高速でスプーンを口に運び、そのたびに感激の声をあげていた。

「いつものプリンは口の中ですぐに溶けていってしまうのに、あなたのプリンは長く舌の上に残るわね！　飲み込んだあとも風味を途切れさせないし、コクがあって濃厚で、贅沢なおいしさだわ。もうあなた、わたくしの専属シェフになりなさい！」

興奮したようにマシンガンのごとく喋るので、王妃の口からいろいろ飛び散っている。私は一歩下がって「それはお断りします」と断った。

王妃を肥やす仕事なんて、私はちっとも楽しくない。

「わたくしの誘いを断るなんて、あなたずいぶん偉いのね！」

さほど、私を引き留める気はないのだろう。それっきり王妃は、プリンを食べるのに夢中になっていた。

こうして、王妃にかぼちゃ豆腐プリンを振る舞う日々がはじまった。

体重は最初の一週間で大幅に減り、二週目、三週目はなだらかになったものの、『このプリン濃厚だから、少し減らしてもいいわ』と王妃自ら数を減らす提案をしてくるようになった。

痩せたのを実感した王妃は自分の息子たちにもクリームたっぷりのケーキではなくかぼちゃ豆腐プリンを勧め、一ヶ月経つ頃には王子ともども王妃はスリムになっていた。

「まさか、本当に痩せるなんて思ってもみなかったわ。味も普通のプリンよりおいしいし、材料を変えるだけでこんなにも違うのね」

王妃は大きな鏡台の前に立って、ポーズをとりながら自分の体型を確認している。

痩せた王妃は容姿の整ったエドガーの母親だと納得がいくほど美人だった。

「おかげさまで、痩せた息子たちに縁談がいくつも舞い込むようになったわ」

「じゃあ、エドガーを私にくれます?」

「ええ、約束だものね。でも、あなた、本当にあの子が大事なのね。〝エドガーを私にくれ〟だなんて」

そこで、私はまたとんでもない発言をしたことに気付く。取り戻すのに必死だったからって、私はなにを口走ってるんだろう。それも、エドガーのお母さんに向かって。

これでは本当に結婚のお願いだ。

赤面していると、王妃は鏡越しに私を見る。その顔には、なにか企んでいるかのような笑み。

「もうひとつお願いがあるの」

うわ、断りたい。嫌な予感しかしない。

相手が王妃でなければ、と思っていると――。

「あなたは専属シェフになってくれないって言うし、だったら城のシェフにあなたのプリンのレシピを伝授していってちょうだい」

「ちなみに、私に断る権利は……」

「な・い・わ」

ですよねー。

王妃の仰せのままに、今度は厨房に通い詰めることになった。

ある日、雪崩警報器を作るために町に泊まり込んでいたエドガーとひさしぶりに城の廊下で鉢合った。

「雪、母上と兄上たちのこと、本当に驚いた。正直、誰？この人状態だったけど、身体も軽くなって、最近は政務にも身が入るようになったみたいだ」

「それはよかった。エドガーたちはどう？」

「俺は雪崩の振動を感知する機械を作って、すぐに町民たちに伝わるよう町の至るところに警報器を設置した」

「ついに完成したんだ！」

「うん、皆のおかげでね。バルドとオリヴィエには避難場所建設の監督をしてもらってる。あと、雪崩は木々の少ない斜面で発生しやすいから、木に見立てた棒をいくつか埋め込んで雪崩を発生しにくくさせる作業をランディと町の男たちが請け負ってくれた。作業ももうじき終わるよ」

朗報を聞いて、肩の荷が下りたからか、ふっと身体の力を抜く。

その途端、なぜか眩暈《めまい》がした。

顔面から床にダイブしそうになったとき、とっさにエドガーが抱き留めてくれる。

「雪、どうしたの⁉」

そんな彼の必死の呼びかけも遠のき、私は意識を手放した。

カチッとスイッチを入れられたように目覚めると、エドガーが私の額のタオルを変えるところだった。

「目、覚めた？　医者の見立てだと、風邪だったみたい。さっきまで高熱にうなされてた」

「そうだったんだ……全然、気付かなかったよ」

ベッドに横になったまま私が苦笑いしていたら、エドガーが手を握ってくる。

あれ、冷たい？

そう思ってすぐに、自分の体温が異常に高いのだと気付いた。

「雪はフェルネマータに来るのは初めてだし、環境の変化についていけなかったのかも。ただ、風邪を引いてもわからないなんて根を詰めすぎだ」

「根を詰めたくもなるよ……だって、私はエドガーが欲しかったんだもん。どこの馬の骨ともわからないお姫様にあげるなんて……絶対に、嫌だったから」

今、とんでもないことを口走っているような気がするけれど、頭がぼーっとして自分でもなにを言っているのかがわからない。

ただ感情のままに気持ちをぶつければ、エドガーはうなじに手を当てて困ったような顔で視線を逸らす。

「きみはそういうこと、誰にでも言うの？」

「……ん？　そんなわけないよ、エドガーだけ……特別」

喉がカラカラで声が掠れる。

そんな私にいち早く気付いたエドガーは、私の上半身を片腕ひとつで起こすと吸い飲みを唇に当ててくれた。

それを飲んだあとに口を離そうとしたのだが、タイミングを間違えたようだ。唇の端から水がこぼれて首筋を伝っていく。

「ううっ、気持ち悪い……」

無意識に服を脱ごうとしたら、エドガーは「ちょっと！」と私の手首を掴んでベッドに縫いつけるように押さえた。

自然と顔が近づいて、吐息がお互いの前髪を掠める。

なぜか鼓動が走っているみたいに速くなり、エドガーの目もいつもより熱を孕《はら》んでいる気がした。

「エドガー？」

様子がおかしかったので名前を呼ぶと、彼はごくりと大きな喉仏を上下させた。

それから私の首筋に伝った水を手のひらで拭ってくれたのだが、エドガーの手は肌に触れたまま離れていく気配がない。

「あの、俺――雪がそばにいると、悩んでるとき、とか、その……難しいこと考えないで、踏み出そうって、そう思える」

たどたどしい口調で、少し余裕がない表情で、エドガーは覆い被さったまま言う。

見上げた碧の瞳の中には自分の顔が映っていて、嬉しいような落ち着かないような不思議な感覚に襲われた。

「空っぽだった俺に価値を見出してくれたのは雪なんだ。そんなきみにひ、惹かれてる。ひとりの女性として、大事に……」

最後は眠気に負けて聞き取ることができなかった。

瞼を閉じると接着剤でくっつけられたみたいに開けられなくなってしまい、最後までエドガーの言葉を聞きたかったのに、それも叶わなかった。

＊＊＊

数日後、私は熱が下がったので早速、厨房のシェフにかぼちゃ豆腐プリンの作り方を伝授した。

シェフも『こんな濃厚なプリンは初めてだ！』と感激しており、かぼちゃ豆腐プリンを絶賛してくれて、私は上機嫌なまま王妃のいる王間の前にやってきた。

今日の報告をしようと中に入ると、そこには国王と対峙する先客——エドガーたちの姿があり、私は一ヶ月ぶりに見る仲間たちに思わず駆け寄る。

「皆、ひさしぶり！　お城に戻ってきてたんだね」

「うん、警報器の設置と避難場所の建設が終わったからね。あとは雪崩が実際に起きているかを確認する監視塔を作ったんだけど、そこの観察員を新たな職業としてこの地に根付かせられないか、許可をもらいに国王に謁見に来たんだ」

話は聞いていただろうとばかりに、エドガーは壇上の王座に腰を据える国王を仰ぎ見る。

「警報器に避難場所だと？　勝手なことをしてくれたな」

エドガーがしたことに感謝こそすれ、咎められる謂れはない。ただの当てつけではないか。さすがにムッとしていると、隣に座っていた王妃が「黙らっしゃい！」と一喝した。

「ロドンの町で、規模は小さいけれどまた雪崩が起こったと報告が上がっているわ。麓の家は潰れてしまったけれど、エドガーの警報器がさっそく功をなして彼らは助かり、避難場所で快適に過ごしているそうよ」

「だがな、王妃よ。警報器と避難場所には大量の鉄が使われた。貴重な資源をエドガーは勝手に使ったのだぞ？」

「あなた、そのお金はもともと民のために使われるべきものだったのよ。今までのわたくしたちは、どうかしていたんだわ」

王妃はダイエットが成功してからというもの、同じく細身になった王子たちと一緒に王族としての務めを果たしている。

余分な脂肪と肉と一緒に、怠惰の心もどこかに捨ててきたらしい。

「エドガー、あなたを誇らしく思うわ。できることなら、この国に留まって王子として国政に携わってほしいと思うけれど……」

王妃は私に視線を移し、「あなたと取引をしてしまったから」と残念そうに笑って肩をすぼめる。

あのときは国王と王妃がエドガーの意思に反して、この城に閉じ込めて利用しようとしたから取引を持ちかけたのだ。

だから今回のことでエドガーの心が動いて、王子として生きていきたいと言うならば、私には止められない。

どんな答えを出すのか、彼をじっと見つめる。

決めるのはエドガーだけど、もし叶うなら一緒に旅を続けてほしい。

そんなふうに願っていたら、エドガーと目が合った。

「俺は城にこもって国を守るより、もっと町民に近い場所で、自分の手で直接できることをしたい。そう考えている時点で、国全体を見通す必要がある王子には向いてないんです。だから──」

いったん言葉を切ったエドガーは、国王に背を向けて私たちニコニコ弁当屋の仲間たちのところへ戻ってくる。

「雪たちと一緒に行く。どこまでも」

それを聞いたら心の底から安堵して、じわっと涙が目に滲んだ。

「よ、よかったーっ。エドガーも、バルドも、オリヴィエも、ランディも、ロキも、皆みんな、よかったーっ」

なんでかわからないけれど、号泣してしまう。そんな私の顔をエドガーが躊躇いがちに軍服の裾で拭く。

「あなた、『よかったー』しか言ってないじゃないですか。乗りかかった舟です。仕方ないので付き合ってさしあげますよ。それに、僕がいなければ今頃あなた方は赤字で地獄を見ていたことでしょう。財務管理をする者がいなければ、商売は成り立ちません」

たしかにオリヴィエがいなければ、こんなにすぐにニコニコ弁当屋が軌道に乗ることはなかっただろう。

「俺も引き続き、用心棒兼店員として働かせてもらう。切った張ったの世界にいたからな、こういうのんびりした時間を今は気に入っているんだ」

それを聞いて、バルドが正式にニコニコ弁当屋の店員になる日も近いかもしれない、なんて思った。

「俺も、お嬢たちについていくぞ。理由はただひとつ、あんたたちといると飽きないからだな」

ムードメーカーのランディがいなければ、個性的過ぎるニコニコ弁当屋の面々はぎくしゃくしていたはず。誰ひとり、欠けてはいけないのだ。

盛り上がっている私たちを温かい眼差しで見つめていたロキは、だんだんと話し声が大きくなってきたので「皆、国王様の前なんだから静かにね」とお母さんぶりを発揮している。

エドガーは彼らの姿にふっと笑みをこぼし、清々しい顔で国王と王妃を振り返った。

「というわけなので、俺は王子としてではなく発明家として生きていきます」

その答えを聞いた国王は、止めるのは無理だと悟ったのだろう。

「せいぜい頑張れ」

素っ気ない物言いでしっしと追い払うような仕草をしていたが、口元がわずかに緩んでいた。

Close

フェルネマータを発つ前日、私たちは働きづめだったので休みをとることにした。

とはいえ、休日にじっとしているのはもったいない。町でも散策しようかと思っていたところ、絶妙なタイミングで『一緒に城下町に行こう』とエドガーに誘われた。

そんなこんなで私は今、劇場に来ている。

演劇の内容は他国からフェルネマータに嫁いでくるはずだったお姫様の話。

結婚が嫌で、この国へ移動する途中に逃げ出し、旅に出てしまったというものだ。

「行動力がある人だったんだね。ジゼル姫って」

演劇を鑑賞したあと、ふたりで劇場を出る。

私は感想を口にしてすぐ、むず痒《がゆ》さを感じて「ああ、ダメだ」と腕をさすった。

隣を歩いていたエドガーは、私の不審な動きに目を瞬かせる。

「どうしたの？」

「実はね、お姫様の名前が私のお母さんの名前と同じなの」

ついついお母さんの顔がちらついて、演劇の内容が頭に入ってこなかった。日本ではジゼルなんて外国人みたいな名前は珍しいのだが、異世界で聞くと妙に馴染んでいる。

「そうだったんだ。ちなみに、あの劇に出てくるお姫様は実在の人物だよ。旅に出たのが真実かどうかはわからないけど、嫁ぐ途中で姿を消したっていうのは本当」

「えっ、物騒だね。誘拐とか？」

「それは、あきらかになってない。目撃者もいないし、もう三十年も前の話だから、たしかめようもないよ」

なんとなくエドガーの話が気になりながらも、近くのレストランに入る。

ガラスウィンドウがすぐ隣にある席に座り、エドガーのおススメで牛肉入りの『ヴォールク』と呼ばれるスープとフォカッチャを頼んだ。

少しして料理が運ばれてきた。私はエドガーと「いただきます」と言うと、スープを見つめる。

ワインが使われているのか、赤黒いスープの中央には白のクリームが浮いている。

スプーンでスープと一緒にゴロゴロと贅沢なほど浸かっている牛肉をすくい、息を吹きかけて冷やしながら口に入れた。

「んうう⁉」

——これ、ボルシチだ！

玉ねぎやジャガイモ、ビーツから染み出た旨味と濃厚なスープがしっかり溶け合っていて、口の中で常に味が変化し続けているので飽きない。

牛肉は歯でかみ切る前に、ほろっと崩れてやわらかかった。

一度目はスープだけで、二度目は熱々のフォカッチャにつけて食べたら、これもまた頬が落っこちそうになって舌鼓を打つ。

「んうーっ」

雪景色を見ながら、熱々のボルシチ——ヴォールクを食べられるなんて……！

言葉にならないおいしさに悶えていると、エドガーはぷっと吹き出してから、おかしそうに肩を震わせる。

「雪は本当においしそうに食べるね」

「だって、本当においしいんだもん。連れてきてくれてありがとう。でも、どうして誘ってくれたの？」

エドガーから誘ってくるなんて、これまでの引きこもり具合からしたら信じられない行動だ。明日は氷が降るかも。

「その幸せそうな顔、見たかったから」

なにを言われたのか、すぐにはわからなかった。

けれど、熱いなにかを秘めたようなエドガーの瞳に見つめられ、徐々に理解する。

それって、友達として？　それとも……。

その先の言葉を考えたとき、胸の奥からドキンッとなにかが突き上げてきた。

今の、なんだろう？

首を傾げて服の上から心臓あたりに手を当ててみると、やたら拍動が速い。

それからの食事は酷いものだった。

エドガーの前で料理を食べる機会はいくらでもあったというのに、緊張で味がわからない。

さっきまでぱくぱくと牛肉を頬張っていたくせに、今さら大きな口を開けていないか、口周りが汚れていないかが気になって何度もナプキンで拭う始末。

自分の変化に、私自身も戸惑っていた。

城に戻ってくると、なぜか私とエドガーは王妃と国王に呼ばれて広間にやって来た。

そこにはバルドやオリヴィエ、ロキを抱きかかえたランディの姿もあり、何事だろうと戸惑いながらも彼らの隣に並ぶ。

「雪、これはあなたのレシピ本なのよね」

王妃の手にはランチワゴンに置きっぱなしにしていたはずのお母さんの形見――レシピ本があり、驚く。

「どうしてそれを王妃様が⁉」

「ごめんなさいね。息子が興味本位で、あなたたちのランチワゴン？だったかしら。その中に入って、この本を見つけてきたの」

まさか、これからあのレシピ本に書かれている料理をすべて、王城お抱えのシェフに教えろとでも言うつもりじゃ……。

ただでさえ、フェルネマータには一ヶ月以上も滞在している。

そろそろ旅が恋しくなってきたところだったので、そわそわしながら王妃の言葉を待つ。

「このレシピ本の表紙に描かれているのは、フェルネマータ王国でも国王と王妃にしか知らされていないユグベルランドの紋章よ」

「ユグベルランド……ですか？」

「そう、絶対に足を踏み入れることができないと言われている、地図にも載らない幻の国。でも実在するわ。三十年前に、このフェルネマータ王国の王子がユグベルランドのお姫様を妃として迎え入れるはずだったから」

　王妃はなにをおっしゃりたいのだろう、と眉間にしわを寄せていると話が途切れたのを見計らって今度は国王が口を開く。

「そのユグベルランドの姫はジゼルといってな。私が今の王妃を娶る前に結婚するはずだった女性だ。だが、この国に来る途中で逃げられた」

あの演劇はエドガーのお父さんである国王と、そのお姫様がモチーフになっていたらしい。

　その事実をエドガーも今知ったらしく、驚愕の表情を浮かべていた。

「ユグベルランドに帰ったのだろうが、それをたしかめる術は私にはない。国に入るには住人の道案内が必要だからな。でなければ、行く手を霧が阻んで進めん」

　オリヴィエが「魔法みたいですね」と呟くと、国王はまさにその通りだと強く頷く。

「あの国はきっと魔法に守られているんだろう。実際、ユグベルランドの住人には不思議な力があると聞く」

「それが目的で、この人は縁談を受けたのよ。ユグベルランドは長らく鎖国していたから、外の風を取り入れようとこの国に縁談を申し込んできたのね。でも、この人の魂胆に気付いていたジゼル姫は逃げ出した」

王妃の呆れるような視線を受けた国王は気まずそうに咳払いをして、「だいぶ話が脱線したが」と無理やり話を続ける。

「この本にユグベルランドの紋章があることには驚いたぞ。娘、お前は本当にユグベルランドの出身ではないのか？」

「違います！」

私は地球生まれで生粋の日本人だ。

魔法の力なんて使えないし、ただの料理好きな人間。それ以外の何者でもない。

「ですが、あなたはそのレシピ本がきっかけで異世界から来たんですよね？　なにかしら、関係があるのでは？」

私の事情を知らない国王たちに聞こえないようにするためか、オリヴィエが小声で耳打ちしてくる。

「そんな、関係ないって。お母さんは日本人だし、私の世界では戸籍は簡単に改ざんできないし……」

お母さんは、兄妹も親もいない天涯孤独な人だった。

でも、そういえばどうやってお父さんと出会ったのか、どこの出身だったのか、知らないことがたくさんある。関係ないと断言できる情報を、私はなにも持っていないのだ。

「じゃあ、とりあえずユグベルランドに行ってみりゃあいいんじゃねえか?」

「ランディの言うとおりだ。どのみち、旅の目的地も決まっていないしな」

ランディとバルドが私を見て、どうする?と問うような目を向けてくる。

「私は……」

自分の都合に皆を巻き込んでいいのか悩んでいると、エドガーがまっすぐな目で見つめてくる。

「雪のしたいことに俺たちも巻き込んで。仲間をもっと頼っていいってこと、きみが俺に教えてくれたんでしょ?」

「エドガー……うん、そうだった」

私は心を決める。国王にユグベルランドのおおよその位置を教えてもらい、すぐにでも立とうということになった。休みは返上だ。

たぶん皆は、私が気にかかっていると思って、すぐに動いてくれたのだと思う。

私たちはランチワゴンに乗り込み、雪降るフェルネマータの町を名残惜しむように振り返って、すぐに前を向く。

お母さん、お母さんはどうしてこのレシピ本を持ってたの?

わからないことに焦りがわいてきて、自然とレシピ本を抱きしめる腕に力が入る。

するとふいに、私の膝に座っていたロキが見上げてきた。

「お母さんのこと、怒ってる？」

「え？　どうして？」

「なにも話してくれなかったんでしょう？」

心配そうに尋ねてくるロキに、私はぶんぶんと首を横に振った。

「そんなことで怒ったりしないよ！　ただね、いなくなって初めて、私はお母さんのことをなにも知らなかったんだなって思ったの。もっと、いろんな話をしておけばよかったって」

「大事なのは過去のことよりも、雪と生きた今だったんだよ。だからお母さんは、話す必要はないって思ったんじゃない？」

私を慰めようとしてくれているのか、ロキは力説してくれる。

「うん、ありがとう」

ロキを抱きしめて頬をすり寄せていると、エドガーはランチワゴンのエンジンをかけて確認するように私を見た。

心の準備ができたかどうかを尋ねているのだとわかって、私は強く頷く。

「出発しよう！」

この先に待つものが天国か地獄か、幸福か困難かなんて誰にもわからない。

だけど、そこで出会う人、いろんな国、まだ見ぬ景色――それらが私たちの日常に新たな彩りをくれるから――。

雪と愉快な仲間たちの旅は、まだまだ続く！なんてね。

END

あとがき

こんにちは、涙鳴です。

このたびは、本作を手に取ってくださりありがとうございます！

今回はランチワゴンでお弁当を売る異世界ファンタジーでしたので、読者様にも一緒に旅をしながら、お腹を空かせてもらえたら嬉しいな、と思い書きました。楽しんでもらえていたら、幸いです！

編集作業では担当さんとキャラクターのかけ合いが面白くなるように試行錯誤しました。読み返すと自分で笑ってしまうところも多々あります（笑）。

自分で言うのもなんですが、みんなのやりとりがコントみたいです。考えるのもとっても楽しかったので、皆さんにも最初から最後まで笑って楽しんでもらえるような本になっていたら本望です。

また、今作ではまだまだ行けていない国があるので、パンターニュ王国に侵略してきたベルテン帝国やユグベルランド。他の国にも行きたいです。

それに、海を渡った先にある大陸でロズベルトさんと再会できたりしたら、面白いなあ……と。

また、雪たちのその後をお届けできたらいいなと思います。

長くなりましたが担当編集の丸井様、イラストを担当してくださった八美☆わん先生、デザイナー様、校閲様、販売部の皆様、スターツ出版の皆様、この本に関わってくださったすべての方々に感謝いたします。

そしてなにより、読者の皆様！ 今作を手に取ってくださり、本当に本当にありがとうございました！

涙鳴《るいな》

涙鳴先生への
ファンレターのあて先

〒104-0031
東京都中央区京橋1-3-1
八重洲口大栄ビル7F
スターツ出版株式会社　書籍編集部　気付

涙鳴先生

本書へのご意見をお聞かせください

お買い上げいただき、ありがとうございます。
今後の編集の参考にさせていただきますので、
アンケートにお答えいただければ幸いです。

下記URLまたはQRコードから
アンケートページへお入りください。
https://www.berrys-cafe.jp/static/etc/bb

異世界ニコニコ料理番

～トリップしたのでお弁当屋を開店します～

2020年2月10日　初版第1刷発行

著　者　涙鳴
©Ruina 2020

発行人　菊地修一

デザイン　hive & co.,ltd.

校　正　株式会社　文字工房燦光

編　集　丸井真理子

発行所　スターツ出版株式会社
〒104-0031
東京都中央区京橋1-3-1　八重洲口大栄ビル7F
TEL　出版マーケティンググループ　03-6202-0386
（ご注文等に関するお問い合わせ）
URL　https://starts-pub.jp/

印刷所　大日本印刷株式会社

Printed in Japan

ISBN 978-4-8137-0851-3　C0193

ベリーズ文庫 2020年2月発売

『エリート俺様同期の甘すぎる暴き方～オレ、欲しいものは絶対手に入れる主義だから～』 高田《たかだ》ちさき・著

女子らしからぬ力持ちがコンプレックスのOL・日菜子は、〝地味に大人しく〟がモットー。ある日、痴漢を華麗に撃退したところをエリート同期の拓海に目撃されてしまう。自分の本性を黙っていてもらうかわりに出された条件はなんと、彼の命令を聞くこと。専属アシスタントに指名され、さらには同棲まで…!?

ISBN 978-4-8137-0844-5／定価：本体650円＋税

『極上パイロットが愛妻にご所望です』 若菜《わかな》モモ・著

航空会社に転職した砂羽は、容姿も仕事も完璧な最年少機長・朝陽と出会う。御曹司で、全女性社員の熱い視線を集めている朝陽にとって地味な自分は恋愛対象外だと思っていたのに、ある日「君をもっと知りたい。俺と付き合おう」と告白され!? 一途な極上の独占愛を、心と体で教え込まれる日々が始まり…。

ISBN 978-4-8137-0845-2／定価：本体660円＋税

『【極上旦那様シリーズ】きみを独り占めしたい～俺様エリートとかりそめ新婚生活～』 西《にし》ナナヲ・著

カタブツ秘書・花恋は、結婚相談所に登録をしていたことがCOOの一臣にバレてしまう。焦る花恋に、一臣は「結婚相手探しに割くエネルギーなんてない。お互いで手を打とう」とまさかの結婚話を持ちかけて!? 利害関係の一致から始まった新婚生活だが、会社では見せない彼の優しい姿に、花恋は次第に惹かれていき…!?

ISBN 978-4-8137-0846-9／定価：本体650円＋税

『執着求愛～一途な御曹司の滴る独占欲～』 きたみまゆ・著

お人好しOLのまどかは、ある朝目が覚めると超高級ホテルのスイートルームにいた。そして隣には御曹司で上司でもある雅文の姿が!! 3年前に別れた雅文となぜ!? 一夜の過ちと必死に忘れようするまどかだったが、雅文から「俺の気持ちは変わらない」と一途な想いをぶつけられ、思わず心揺さぶられて…。

ISBN 978-4-8137-0847-6／定価：本体650円＋税

『エリート外科医といいなり婚前同居』 宝月《ほうづき》なごみ・著

就職活動連敗中の千波は、ひょんなことからエリート外科医・礼央の住込み家政婦をすることに。超イケメンで大人の魅力全開の礼央は、同居が始まると本物の恋人のように甘い言葉を連発。恋愛に免疫のない千波はドキドキが止まらない。さらにあるパーティーで礼央の婚約者を演じるはめになって…。

ISBN 978-4-8137-0848-3／定価：本体650円＋税

タイトル、価格等は変更になることがございますのでご了承ください。

ベリーズ文庫 2020年2月発売

『冷徹騎士団長の淑女教育』　朧月《おぼろづき》あき・著

孤児のクレアは8歳のある夜、12歳上の騎士団長・アイヴァンに拾われ、貴族令嬢としての教育を施される。無口で厳しいが、時折見せる彼の優しさに淡い恋心を抱くクレア。8年後、美しい令嬢へと成長した彼女は、初めての舞踏会で大公殿下といたところ、嫉妬心をあらわにしたアイヴァンに連れ出されて…。

ISBN 978-4-8137-0849-0／定価：本体640円＋税

『しあわせ食堂の異世界ご飯6』　ぷにちゃん・著

王城でのパーティーで、リズがリントの婚約者として発表されたことに落ち込むアリア。アリアは事情を聞くためにリントへ面会を申し出るが、取り次いでもらうことすらできない。しあわせ食堂の料理人として王城へ行くことになるが、皇位を狙うライナスと鉢合わせをしてしまい…!?　大人気シリーズついに完結！

ISBN 978-4-8137-0850-6／定価：本体640円＋税

『異世界ニコニコ料理番～トリップしたのでお弁当屋を開店します～』　涙鳴《るいな》・著

亡き母のレシピを携えて異世界にトリップした女子高生の雪。そこでお腹を空かした謎の発明家・エドガーに料理を振舞うと大好評！　元の世界に戻るまで、雪は母のレシピを元に移動弁当屋を開くことになる。雪の作るお弁当は異世界の人々の胃袋を鷲掴み！　だけど母のレシピは異世界にも存在していて…!?

ISBN 978-4-8137-0851-3／定価：本体650円＋税

ベリーズ文庫　2020年3月発売予定

Now Printing

『育み婚―冷徹貴族に甘く娶られる、その前に―』　葉月《はづき》りゅう・著

家業に勤しむ希沙は、恋と縁遠い干物女子。ある日、仕事で訪れた旧華族の末裔である若社長・周に「君を娶りたい」と初対面でプロポーズされ、なんと交際ゼロ日で彼の新妻に…！　新婚生活が始まると、クールな周が豹変。迫られて戸惑う希沙の態度が、周の独占欲を煽り、甘さたっぷりに溺愛されて…!?

ISBN 978-4-8137-0863-6／予価600円＋税

Now Printing

『婚前溺愛～一夜の過ちから本気なんて有り得ますか?!～』　未華空央《みはなそらお》・著

友人に頼まれ婚活パーティーに参加した里桜。かばんを盗まれ困っていたところをイベントの主催の社長・成海に助けられる。お詫びにと2人に飲みに行くことになり、そのまま一夜を共にしてしまう。手の届かない人と想いを抱きながらも諦めようとする里桜だが、見合いの相手として現れたのは成海で…!?

ISBN 978-4-8137-0864-3／予価600円＋税

Now Printing

『【極上旦那様シリーズ】夫婦遊戯～俺様CEOは新妻をその気にさせたい～』　宝月《ほうづき》なごみ・著

恋愛経験ゼロの箱入り娘・美織は、政略結婚の前日に一夜限りの夜遊びを企てる。相手は超イケメンで女性慣れしている尊で、とろけるような一夜を過ごす。一生の秘密と心に誓った美織だったが、なんと翌日政略結婚の相手として現れたのは尊だった！　美織の動揺をよそに尊はさっそく同居を提案してきて…!?

ISBN 978-4-8137-0865-0／予価600円＋税

Now Printing

『ラウンドアバウト―嘘でも愛でも―』　pinori《ぴのり》・著

恋愛に不器用なOLの友里は、ある日突然エリートでイケメンの先輩・松浦から「俺と付き合わない?」と告白される。しかし松浦は超女たらしともっぱらの噂。遊び人の気まぐれと受け流していたが、仕事でのピンチを救ってくれるなど真面目で頼りがいのある一面を知って思わずドキッとしてしまい…!?

ISBN 978-4-8137-0866-7／予価600円＋税

Now Printing

『釣った魚（夫）は腐ってました！～鈴ノ木夫妻の新婚事情～』　一ノ瀬千景《いちのせちかげ》・著

結婚を焦る地味ＯＬの華は、家柄・学歴とも超優良、社内の結婚したい男No.1の光一からプロポーズされ、スピード結婚！　ところが新婚初日、「社会的信用のために結婚しただけ」と仮面夫婦宣言されて!?　〝人として腐ってる〟彼に不満を感じつつ同居生活を送る華。ある日「仲良し夫婦大作戦」を提案し…。

ISBN 978-4-8137-0867-4／予価600円＋税

タイトル、価格等は変更になることがございますのでご了承ください。